ジョバンニの銀河
カムパネルラの地図

「銀河鉄道の夜」の宇宙誌

椿 淳一

同時代社

◉目次

イラスト：なおたけ

世界が一つだったとき、詩の言語と科学の言語も一つであった。

マージョリー・ホープ・ニコルソン『円環の破壊』

まえがき

銀河鉄道の車内で検札がおこなわれるシーンは、宮沢賢治の「銀河鉄道の夜」のなかでもとりわけ印象的な場面だ。そっけなく小さな鼠色の切符を見せるカムパネルラと鳥捕り、あわてて切符をさがすジョバンニ。ジョバンニの切符があきらかになったあとの車掌の態度、そして鳥捕りのことば。ユーモラスでもあり、また、だいじな場面でもある。

ジョバンニの切符はどうえがかれているのだろう。

……それは四つに折ったはがきぐらゐの大きさの緑いろの紙でした。

ところがそれはいちめん黒い唐草のやうな模様の中に、をかしな十ばかりの字を印刷したものでだまって見てゐると何だかその中へ吸ひ込まれてしまふやうな気がするのでした。

ジョバンニの切符は、カムパネルラや鳥捕りの持つ切符とはあきらかにちがう特別なものだった。切符をみたあと、車掌はていねいになり、鳥捕りは切符について印象的なことばを語る。

「おや、こいつは大したもんですぜ。こいつはもう、ほんたうの天上へさへ行ける切符だ。天上どこぢゃない、どこでも勝手にあるける通行券です。こいつをお持ちになれぁ、なるほど、こんな不完全な幻想第四次の銀河鉄道なんか、どこまでも行ける筈でさあ、あなた方大したもんですね。」

鳥捕りのいう幻想第四次とはなんだろうか。なぜ、ジョバンニの切符は四つに折りたたまれているのだろう。十ばかりの字には、なにが書かれているのだろう。いったい、この切符はどこからやってきたのだろう。

この「銀河鉄道の夜」は、地上と銀河、現実と夢を舞台にしている。賢治は、独特の方法で銀河や夢をあつかい、明確なかたちで二つの世界をえがいている。そのすべては、ジョバンニの切符の有効範囲だ。

この切符は、ジョバンニにどんな世界をみせてくれたのだろう。僕たちは、いったい銀河鉄道の切符からどんな世界を組み立てられるのだろう。たとえ、銀河鉄道に乗るのはまだ先だとしても、賢治の物語を手がかりに、銀河世界であそんでみよう。

＊　＊　＊

「銀河鉄道の夜」は世の中でどう読まれているのだろうか。

賢治ファンしか読まない本ではない。タイトルは広く知られている。絵本や映像作品で接した人も多いだろう。解説も多岐にわたる。なんだかよく分からなかった、と思う人もいるのではないか。僕もまた、この作品をうまくイメージすることができなかった。率直にいえば、賢治がえがいた銀河世界がよく分からなかった。しかし「銀河鉄道の夜」全体がもっている魅力や謎を、僕はふり払うことができなかった。思い出すように再読した。僕にとって、宮沢賢治といえば「銀河鉄道の夜」なのだ。

ずいぶん時間がかかったように思う。僕は遠回りをして、あるとき、この作品と決定的再会をしたのだ。できれば、この本を読んで、あるいは読む前にでも、「銀河鉄道の夜」と再会してみてほしい。この作品は、そのたびになにかを発見でき、また新しい謎をなげかけてくる、そんな物語なのだから。

＊　＊　＊

ここで、この本のテーマをあきらかにしておく。

僕の課題、それは銀河鉄道の走る空間を解きあかすことだ。銀河鉄道のレールをもう一度自分の手で敷きなおすことだ。

「銀河鉄道の夜」は、さまざまな観点から解きあかされようとしてきた。

宗教、生死、星座、銀河、少年、家族、孤独、幸福、他作品との関連、賢治の伝記的記事とつなげる作業……。

そして、作品の星座的解説、地図的説明も、いままでいくつも提出されてきた。しかし、それらは、細部を説明してくれるが、全体をあきらかにしてくれない。あるいは作品からかけ離れたものになってしまっている。

それは「銀河鉄道の夜」そのものがもっている性格でもあるように思える。この作品は、細部が明確であるのにたいして、全体のイメージを定着するのがむずかしい。

銀河鉄道はどこを走っているのか。それは分かるようで分からない。《銀河鉄道》ということばがもつスケールと、作品でえがかれている情景はどうすれば一致するのかという疑問に、納得のいく回答はだされていない。「銀河鉄道の夜」について書かれたことばが、《銀河鉄道の宇宙》を語っていない。それはまるで銀河にあいた穴のようだ。

しかし、この鉄道沿線には、はっきりとした輪郭、地理があることが予想できる。それは、この世界に地図があることが明記されていること、また、鉄道旅行のはじめとおわりに北の十字架と南の十字架を対照的に配置していることからもうかがえる。沿線全体と風景、情景の一つひとつには、関係があるはずだ。「銀河鉄道の夜」にちりばめられたエピソードやオブジェは、ばらばらの思いつきではない。作品の部分部分には、全体のなかでたしかな役割があるはずだ。

賢治の銀河は、きっと明確なことばで全体を再構成できる。僕が読みたいのは、あいまいな宮沢賢治ではない。僕たちは、僕たちの「銀河鉄道の夜」を明確にして読むべきなのだ。そして「銀河鉄道の夜」にはその価値がある。

ところで、人々は大昔から世界のはじまりを考えるとともに、世界のかたちを思いえがいてきた。えがかれた世界のかたちの一つは、地上の世界をえがいた地理学《ジオグラフィ》となった。そしてもう一つが、夜空の星々をふくむ宇宙のかたちをえがきだしてきた宇宙形状誌《コスモグラフィ》である。

賢治がえがいた銀河風景は、そのスケール、イメージ、展開からコスモグラフィといっていいだろう。この銀河世界は、賢治の天文幾何学によってつくられているのだろう。賢治宇宙を成り立たせている原理は明快なものであるはずだ。

そして賢治の宇宙を解きあかせることができれば、この作品に新しい解釈を行うことができるかもしれない。

＊　＊　＊

僕が直接的に参考とした解説や、アイデアの源となったものは、このあとの本文やノートのなかにあげた。

しかし、ここで僕に着想をあたえてくれた本を一冊あげておこう。それは建築評論家である植田実《うえだまこと》の『真夜中の家　絵本空間論』である。植田は、さまざまな絵本、童話を建築的、空間的に、読みといていく。この本を読んで、僕は子供のころ親しんだ絵本のなかに、建築や、都市論的な観点を指摘されておどろいた。まだ出会っていない童話のふしぎな、それでいてなつかしい庭園のなかに迷いこんだ。

物語がつくりあげる部屋のすみの親密さ、うす気味わるい場所、見知らぬ町につながる道、扉や門がかくしている秘密、象徴の森、がらくたの宝物でいっぱいの抽斗……。子供たちがえんえんとつくりあげている世界のふしぎを凝縮した小宇宙を、童話はそっと僕たちにあかしているのだ。

そして、『真夜中の家』を読んだあと、僕たちは、町なかにふしぎな店をみつけたり、猫がたどっていった細い路地で心ぼそさを感じたり、思いがけない野原をみつけだすのが、すこし得意になるだろう。この本は、世界にのこされた驚きや懐かしさをひろい集めながら、僕に空間の想像力をおしえてくれた。

きっと植田の本が、僕を真夜中の散歩に連れ出してくれたのだ。それは、思いがけないイマジナリーハイキングとなった。この本は、その記録である。

参照する「銀河鉄道の夜」本文は、ちくま文庫の『宮沢賢治全集7』のものである。

この文庫には、作品の最終稿と三つの初期稿とがすべて掲載されている。「銀河鉄道の夜」を読むために、現在もっとも標準的で、手に入れやすく、読みやすいと思われるからだ。ここでは「銀河鉄道の夜」の《最終稿》を対象にする。しかし、ときには一次から三次にわたる《初期稿》を参照して、作品の一貫性や変更点をさぐっていくことにする。おもに参照する初期稿は三次稿である。

以下ことわりのない引用は、「銀河鉄道の夜」最終稿のものである。

I　ジョバンニの銀河

まず、銀河鉄道の停車駅をみていこう。

物語にでてくる銀河鉄道の停車場は、銀河ステーション、白鳥の停車場、鷲の停車場、第二時に到着する小さな停車場、南十字（サウザンクロス）の五つだけである。南十字駅を過ぎても列車は走りつづけるが、夢の終末をむかえるため、その先の駅はえがかれない。また、銀河ステーションより前についてはなにもふれられないし、この駅が銀河鉄道の始発駅なのかも分らない。

銀河鉄道には、さらに二つの性質があることが書かれている。一つは、この列車がどこまでも行くこと、線路はどこまでも続いているらしいことである。もう一つは、列車は北から南へ下っていくものしかなく、北上する便はないということである。

つぎに沿線の風景をみてみよう。

「銀河鉄道の夜」の一般的イメージは、夜空を汽車が行く、星々のなかを列車が走るという

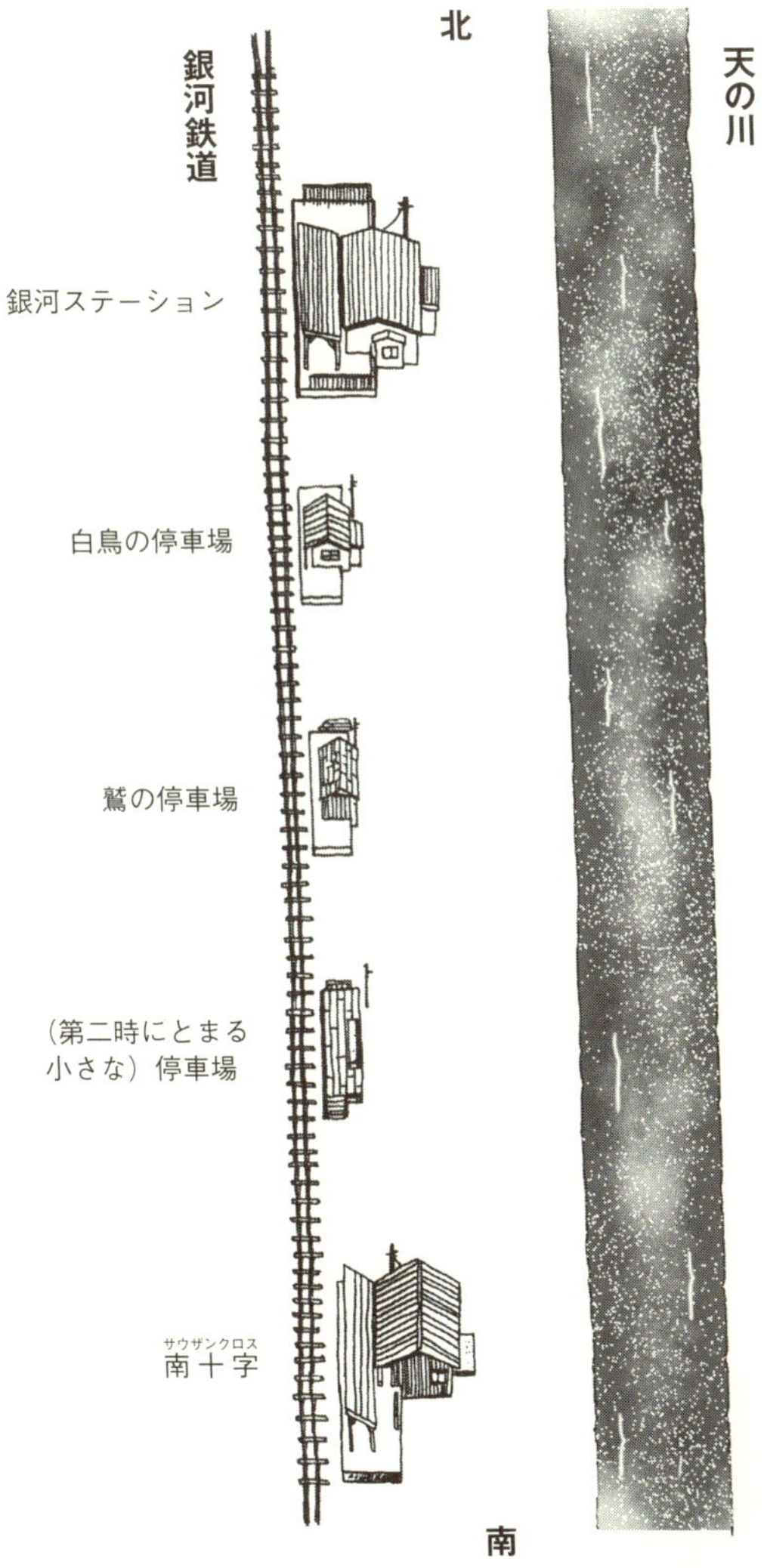

線路のある岸はどちらなのかという疑問はのこるが、ここまでの情報を模式的にしめす。

ものだろう。しかし作品本文を風景としてみていくと、銀河鉄道はあきらかに地面のうえを進んでいく。銀河鉄道の世界でも、星という字はつかわれるが、天体としての星はあらわれない。童謡「ツインクル、ツインクル、リトルスター」だったり、星をえがいた工兵隊の旗でしかないのだ。天の川、銀河をのぞけば、宇宙的なことばはない。たった一ヶ所「太陽の面」と書いてあるだけだ。そして天の川は、あくまでも線路の横を流れる河川としてあらわれる。

銀河鉄道沿線を地形として、風景として、注意ぶかく観察してみよう。

川には水がながれ、その横を列車が走っていく。線路のわきに花がさいている。川原にはススキがはえ、小石があり、化石を掘っている人がいる。川の中には塔がたち、野原にはヤグラが置かれている。列車が進んでいくと高原があり、そこにはトウモロコシ畑が地平線までつづいている。窓の外にインディアンがあらわれ、鶴を射落とす。急なくだり坂があり、列車は南下するだけの一方通行である。線路と小さな街道が並行するところもある。そうじて鉄道は、川から大きく離れることはない。

賢治は、この風景に光、波、音楽などをたし、きらびやかな銀河鉄道の世界をつくりあげ、読者の意識を銀河まで飛ばしてしまっているのだ。

ここまでは本文を読んで理解できることである。そして、ここに銀河鉄道の風景とその意味を新しい解釈で読みなおした作品が登場する。

それが、ますむら・ひろしのマンガ作品『銀河鉄道の夜』（最終形および初期形ブルカニロ博士編の二作）である。《ますむら銀河鉄道》は、発表当時に話題となった。そのいちばんの理由は、ジョバンニはじめ登場人物を猫にしてしまったことだ。

しかし、《ますむら銀河鉄道》は、風景の描写で話題を呼んだようにはみえない。だが、このときからますむらの冒険ははじまっていた。

《ますむら銀河鉄道》の「銀河鉄道の夜」論としての意義、あるいはそのマンガ、アニメーション映画の先までつづいていく、ますむらの冒険は、彼の著書『イーハトーブ乱入記─僕の宮沢賢治体験』で全貌をあきらかにする。ますむらはマンガ二作、著作一冊で、銀河鉄道の風景をかえ、その世界の意味までも更新してしまった。そこでおこったことは、もはや、ますむら以前にもどることのできないくらいの出来事だった。

ますむらは何をかえたのだろうか。

まず、ますむらは、銀河鉄道のまわりから星を消す。これは賢治が本文で銀河鉄道のまわりの空を表現するときに「がらんとした桔梗《ききょう》いろのそら」としか書いていないからだ。

がらんとした桔梗いろの空から……

きれいな桔梗いろのそらに……

美しい美しい桔梗いろのがらんとした空の下を……

桔梗いろのつめたさうな天をも……

（265、275、279、286頁）

そしてますむらは、星のない銀河鉄道を、一作目のマンガ『銀河鉄道の夜』（最終形）にえがいてしまう。かがやく星のない銀河鉄道空間がえがかれたのは、この作品がはじめてだろう。そして、ますむらは第一作の反響から、銀河鉄道のまわりで光りつづける三角標の原形を知ることになり、その研究を反映した二作目のマンガ『ブルカニロ博士編』を書いた。

ブルカニロ博士について説明しておこう。この博士は、三次稿までの初期稿にだけ登場する人物である。ラストシーンで、物語をあやつっていたことを示唆する重要なキャラクターだ。初期稿には、このほかにセロの声、三次稿だけに黒い帽子をかぶった学者が登場する。一般に、この三人はおなじ人物、つまりブルカニロ博士が違うかたちで登場していると解釈されている。説明がつづくが、ここで三角測量、三角点、三角標について説明しておこう。これらは、ますむらの解釈の中心にあるイメージだからだ。

三角測量とは、土地の測定の方法で、地面におかれた三つの点のあいだの方角、距離、角度（さらに標高差や地球の丸さも考慮される）をはかり三点の位置を決定していく地図作成の基準となる測定方法である。つまり、地面を三角形で区切って分割し、基準点の位置を決定していくものだ。

この基準点の一つひとつは三角点とよばれ、そこに二十センチ角の石柱が設置される。三角点は、いまでも僕たちのまわりにある恒久設備である。この三角点ということばも「銀河鉄道の夜」に一度だけでてくる。

そして、作品にたくさん出てくる三角標は、測量時に三角点のうえにおかれ観測台や観測目標となるものである。三角標の具体的な形状は四角錐のヤグラである。

ますむらは『イーハトーブ乱入記』に次のように書いている。

だがそれにしても、三角標とは測量のための一時標識なのだから、測量が済めば解体される運命にあるはずで、『銀河鉄道の夜』の銀河は、測量の真っ最中ということになる。

三角標がおかれた鉄道沿線は、まさに測量中の地面なのである。賢治はいったい、銀河鉄道のまわりでなにを測量しているのだろうか。

そして空から星がなくなり、三角標のかたちが正確になった『銀河鉄道の夜（ブルカニロ博士編）』ができあがる。絵にあらわせる材料はそろったのだが、ここではまだ、ますむらは、星のない空と三角標を結びつけてはいなかった。ますむらは、星のない空と三角標を、のちの思索でつなぎあわせる。その瞬間が記録されている。


「そうか……。桔梗いろの空をいくら探しても星が見えないのは、三角標になったからか……。」

不思議な感動がボワーッと湧いてきた。

「星が三角標に変化したのか。だから見えなかったのか！」

（中略）

宮沢賢治が幻想四次と呼んだ〈ジョバンニの銀河〉。それは星でいっぱいの銀河なんかじゃない。星がさまざまな物質に変化を起こして現われる空間、まさに星祭りの町の時計屋のショーウィンドでジョバンニが見た神話の星座絵図が、宮沢賢治風に立体化した空間なのだ。

「ジョバンニの銀河。それは〈星が星でなくなる銀河〉なんだ。」

ますむら・ひろし『イーハトーブ乱入記』

ますむら的転回！　彼の認識とともに、銀河鉄道の風景は、二度ともとにはもどらない。ますむら以前とますむら以降に分離されてしまった。

星のない空、四角錐の三角標のたつ野原。この風景が僕にとって「銀河鉄道の夜」を読みとく手がかりとなったのだ。

その後、僕は、美術家マルセル・デュシャンについての本を読んでいるうちに、ますむらの言う《ジョバンニの銀河》を成り立たせる原理を思いついたのである。デュシャンもみずからの表現手法として四次元をつかったのだ。この美術家については、後のノートに記すことにする。

《星が星でなくなる銀河》を成立させる方法、それは銀河を平らにし、ミニチュアにするのである。どのくらい縮められているかというと、宇宙塵が大地をつくり、恒星が三角点の標石や川原の小石になるくらいの、圧倒的な圧縮である。つまり銀河を押し葉にしてしまうのだ。押し葉にされた銀河、これが銀河鉄道の走る地面である。

無数の星によってできあがった銀河地理、これを、ここでは平面銀河とよぶことにする。

では、宇宙を押し葉にしたのは、何の力だろうか。それは「不完全な幻想第四次」による高次元の力学だ。

ジョバンニの切符は、四つに折られていた。紙という平面的、二次元的なものは、三次元の行為者なら折りたたむことができる。もし世界が二次元であれば、紙を折りたたむことは、不可能であるばかりか想像することもできない。これを拡げて考えると、「幻想第四次」の高次元操作が可能であれば、三次元の空間を変形させることができるはずである。いったいどんなことが起こるのだろうか。想像することもできない、というのが答えだろう。あるいは、三次元空間内でそれを表現することはできない、とするか。

しかし賢治は、この実験を断固実行する。三次元銀河を幻想第四次で圧縮し、天の川が河川となり、星間物質は銀河鉄道をささえる大地になる。

桔梗いろの空。そこは星のなくなった夜空ではない。三次元という僕たちの世界の幾何学を失ったあとに、なお残る見知らぬひろがりである。桔梗いろの空こそが異空間なのだ。

賢治は、自分の作品の各所に《四次》《第四次》という言葉をのこしている。そのほとんどが透明感のある表現としてつかわれている。だが「銀河鉄道の夜」だけに、「不完全な幻想第四次」と二重にあいまいな形容がかぶせてあるのだ。ほかの四次と区別しておきたかったのかもしれない。あるいは夢のなかでしか成立させられなかったことを指しているのかもしれない。

しかし賢治が《四次》にこだわりを持っていたと言っていいだろうし、四次を明確に表現してみたいと思っていた、と考えるのは無理なことではない。賢治が《幻想第四次》をえがきたかったのか、銀河鉄道を成立させるために《幻想第四次》をつかったのかはわからない。詩のことばならともかく、物語のある童話で四次元を表現することはできない。

そこで賢治は、四次元を三次元プラス1と考えるのではなく、四次元マイナス1が三次元であると表現したのだ。

このマイナス1次元というアイデアには先例がある。イギリスの教育家、著述家エドウィン・アボット・アボットの『フラットランド』である。アボットは四次元を説明するために、高次元の世界をいきなりえがくことをしない。彼は、わざわざ三次元よりも一つ次元を落としたフラットランド（二次元世界）をつくりだす。平面世界を描写してから、そこに三次元の侵入者があらわれるという物語を書いて、次元数の異なる世界が接触すると、どのような現象、混乱がおきるのかをみせる。そこから四次元を考えさせたのである。このマイナス1次元という手法は、四次元思想のなかではポピュラーなものである。アインシュタインも相対性理論の解説のなかで、二次元世界を使用して《有限だが境界のない宇宙》を説明している。

賢治が『フラットランド』を読んだという証拠があるわけではない。しかし、この十九世紀末の四次元思想と賢治を結びつけられるのではないか、と考える人はいる。科学史家の金子務は、アボット、チャールズ・ヒントン、ウスペンスキーといった四次元思想につらなる著作家、数学者、神秘主義者の系列をならべてこう語る。

……ここでは優れて数学的な四次元解釈が欧米では絶えず神秘的宗教的世界と結びついてきたことを確認しておけばよいと思います。こういうものと、大正期の宮沢賢治が、いかなる関係にあったかという吟味は、これまでほとんどなされていないと思います。具体的にこれと結びつけることが難しいこともあります。ただ、賢治自身が、様々な書物を読んでますから、間接的にある関係をもったことはいろいろ想定できるわけです。

「新自然観としての四次元問題」（講演）

宗教学者の中沢新一も、対談のなかでおなじような感想を二十世紀芸術という側面から発言している。

……『東方的』という本を書いたときに、四次元の問題に深い関心をもちました。それは、二十世紀初頭の芸術にじつに大きな影響を与えた考え方です。二十世紀芸術は第四次元の概念から生まれて、のちにそれを葬り去ったという気がします。南方熊楠も第四次元の問題に関心をもっていました。でも彼はそれは主題にはしていませんけれど宮沢賢治はそれを大きな主題にしています。賢治研究の人たちはあの問題をどうしてもっと深く追求しないのかなあ。あの思想は二十世紀初頭の科学と芸術と宗教のつながりを考える上でもっとも大きな主題をはらんでいるし、それ以上に世界的な大きさをもっている。

「四次元の修羅　高橋世織との対話」

『フラットランド』は十九世紀に書かれ、二十一世紀になっても日本語の新訳が出るほどの命をもった作品である。賢治が、この本を手にとった可能性はともかく、二次元世界に三次元の使者がやってくるという作品の基本アイデアを、聞いたり読んだりしたと考えるのは楽しいではないか。

しかし「銀河鉄道の夜」は、『フラットランド』の構成を流用しているわけではない。賢治は、三次元世界を平面、つまり二次元に圧縮できるものとして四次元をつかっているのだ。星を巨大なプレス機で延ばしてしまっているのではない。空間そのものを潰してしまっているのである。この操作によって平面銀河ができあがり、そのうえを銀河鉄道が走る。

この平面銀河という仮説をつかうと理解しやすい場面がある。ジョバンニが眠りにおち、夢にはいっていく《蛍烏賊とダイヤモンドの光》のシーンである。「銀河鉄道の夜」最終稿だけでは何の光かよく分からないが、三次稿を読めば、あきらかに銀河の星々の光である。平面銀河説は、作品のもっとも美しい一節を、三次元宇宙が圧縮されている瞬間と読みとく。

賢治の文章をみてみよう。

するとどこかで、ふしぎな声が、銀河ステーション、銀河ステーションと云ふ声がしたと思ふといきなり眼の前が、ぱっと明るくなって、まるで億万の螢烏賊の火を一ぺんに化石させて、そら中に沈めたといふ工合、またダイアモンド会社で、ねだんがやすくならないために、わざと穫れないふりをして、かくして置いた金剛石を、誰かがいきなりひっくりかへして、ばら撒いたといふ風に、眼の前がさあっと明るくなって、ジョバンニは、思はず何べんも眼を擦ってしまひました。

（２４９頁）

賢治は、「そら中」という上方空間を、「沈めた」と超上方の視点から見下ろして、ダイヤモンドの箱をひっくり返す。光の粒が落ちていく。宝石は地面に散らばり星座配置につく。それは銀河の星であり、鉄道沿線の野原に立つ三角標になるのだ。

こうして夜空は押しつぶされ、銀河鉄道の地面になる。しかし銀河鉄道宇宙は、すべて平らになった世界ではない。四次元の圧力とのこりの次元の反発によって、銀河表面に地形をつくりだす。その境界では次元が交錯しせめぎあっている。渚のように入り混じる次元変化を、賢治はうまく整理して銀河鉄道の風景をつくりだす。これを、ここでは次元操作とよぶことにする。次元操作のイメージは銀河鉄道の世界だけではなく、その伏線として、あるいは連続するイメージとして地上の場面でも多くつかわれている。それらをイメージごとに作品のなかでみていこう。

＊

まず、マイナス1の次元操作、一つ次元を下げる操作からみてみよう。

はじめは、数々の星座の図である。

星座図として最初にあらわれるのは、教室の「大きな黒い星座の図」である。ジョバンニが先生に指され、銀河が何からできているのか問われるシーンにでてくる星座の図は、夜空の星々を紙の上に再現したものである。

そしてこの星座図は、カムパネルラの家で見た「まっ黒な頁いっぱいに白い点々のある美しい写真」、時計屋の「円い黒い星座早見」、「空ぢゅうの星座をふしぎな獣や蛇や魚や瓶の形に書いた大きな図」とイメージをつづけ、銀河鉄道のなかの「黒曜石でできている」「円い板のやうになった地図」にかわっていく。

物語のはじめから銀河は平らなものとして表現され、神話の勇士、聖獣のいる地誌となり、さいごには地図になるのである。

＊

つぎに影のイメージをみてみよう。

家を出たジョバンニが、自分の影で遊ぶ場面がある。

坂の下に大きな一つの街燈が、青白く立派に光って立ってゐました。ジョバンニが、どんどん電燈の方へ下りて行きますと、いままでばけもののやうに、長くぼんやり、うしろへ引いてゐたジョバンニの影ぼふしは、だんだん濃く黒くはっきりなって、足をあげたり手を振ったり、ジョバンニの横の方へまはって来るのでした。

（ぼくは立派な機関車だ。ここは勾配だから速いぞ。ぼくはいまその電燈を通り越す。そうら、こんどはぼくの影法師はコムパスだ。あんなにくるっとまはって、前の方へ来た。）

（242―3頁）

この遊びは、物陰から出てきたザネリによって中断される。

白鳥の停車場で銀河鉄道を降りたジョバンニとカムパネルラは、天の川へむかう。この道をならんで歩く少年たちを中心にして、放射状の影がのびる。なんの光が、この影をつくり出しているのだろうか。

さきに降りた人たちは、もうどこへ行ったか一人も見えませんでした。二人がその白い道を、肩をならべて行きますと、二人の影は、ちゃうど四方に窓のある室《へや》の中の、二本の柱の影のやうに、また二つの車輪の輻《や》のやうに幾本も幾本も四方へ出るのでした。そして間もなく、あの汽車から見えたきれいな河原に来ました。

（256頁）

列車に戻ったあと、カムパネルラは、甲虫の影が天井に大きくうつっているのを見る。このほかにも物体そのものが、影となる現象がえがかれる。

影は特別なものではない。しかし、賢治は影のイメージをくり返し書くことで、三次元の物体が影をつくりだすこと、そして影は必ず一つ次元を落として二次元となることを伝えているのだ。そして、光と物体とその影をうつす面との関係により、影が長くなったり、放射状にでたり、影が物体よりも大きくなるというヴァリエーションをみせているのである。

＊

白鳥の駅にもどって化石の発掘現場に行こう。

ジョバンニたちが、途中下車したのはここしかないのだから。この駅ちかくの川原で、少年たちは化石の発掘をみることになる。牛の祖先ボスの化石は次のように書かれる。

見ると、その白い柔らかな岩の中から、大きな大きな青じろい獣の骨が、横に倒れて潰れたといふ風になって、半分以上掘り出されてゐました。

（258頁）

有史以前の牛は、石の表面に体中の骨を見せて切りだされるのだろうか。ボスは土砂による圧縮と、長い時間という次元操作を経て、岩のレリーフとして少年たちの前に姿をあらわしたのである。

＊

つぎにみるのは、鳥の押し葉の場面である。鳥の押し葉は、次元操作の決定的証拠であり、その現場をえがいたものだ。このエピソードは、ほかではみられない詳細さ、具体性をもってえがかれている。鳥捕りの調子のよさやユーモラスな感じでごまかされてはいけない。賢治は念入りに、はじめに会話のなかで説明し、つづいて証拠物をみせ、さらにはジョバンニたちに鳥の押し葉を食べさせる。そして少年たちの目のまえで、じっさいに鳥が押し葉になる場面をみせる。つまり、マイナス1の次元操作をおこなってみせるのだ。

鳥捕りは、物語中いちばん不思議な登場人物である。銀河鉄道の宇宙に住みつき銀河世界を知っているのだが、いい加減な人物でもあり、ジョバンニたちと話がうまくかみあわない。この鳥捕りにジョバンニが問いかけると、鳥捕りは自分の仕事について次のように語る。

「そいつはな、雑作ない。さぎといふものは、みんな天の川の砂が凝《こご》って、ぼおっとできるもんですからね、そして始終川へ帰りますからね、川原で待ってゐて、鷺《さぎ》がみんな、脚をかういふ風にして下りてくるところを、そいつが地べたへつくかつかないうちに、ぴたっと押さへちまふんです。するともう鷺は、かたまって安心して死んぢまひます。あとはもう、わかり切ってまさあ。押し葉にするだけです。」
「鷺を押し葉にするんですか。標本ですか。」
「標本ぢゃありません。みんなたべるぢゃありませんか。」

（262頁）

説明されても信じられない少年たちに、鳥捕りは、自分の包みをほどいて鳥をみせる。そこには、浮彫のやうになった真白な鷺の押し葉があった。そしてつづいて雁《がん》の押し葉もみせることになる。雁の押し葉は、チョコレートよりおいしいお菓子なのだ。しかしジョバンニとカムパネルラは鳥の押し葉を口にしても、まだそれが鳥であったことをうたがう。すると鳥捕りは、走行中の列車から不可解な方法で川原に移動し、その場で鳥をつかまえてみせる。

「あそこへ行ってる。ずゐぶん奇体だねえ。きっとまた鳥をつかまへるとこだねえ。汽車が走っていかないうちに、早く鳥がおりるといゝな。」と云った途端、がらんとした桔梗いろの空から、さっき見たやうな鷺が、まるで雪の降るやうに、ぎゃあぎゃあ叫びながら、いっぱいに舞ひおりて来ました。するとあの鳥捕りは、すっかり注文通りだといふやうにほくほくして、両足をかっきり六十度に開いて立って、鷺のちぢめて降りて来る黒い脚を両手で片っ端から押へて、布の袋の中に入れるのでした。すると鷺は、螢のやうに、袋の中でしばらく、青くぺかぺか光ったり消えたりしてゐましたが、おしまひたうとう、みんなぼんやり白くなって、眼をつぶるのでした。ところが、つかまへられる鳥よりは、つかまへられないで無事に天の川の砂の上に降りるものの方が多かったのです。それは見てゐると、足が砂へつくや否や、まるで雪の融けるやうに、縮まって扁《ひら》べったくなって、間もなく熔鉱炉から出た銅の汁のやうに、砂や砂利の上にひろがり、しばらくは鳥の形が、砂

　につい てゐるのでしたが、それも二三度明るくなったり暗くなったりしてゐるうちに、もうすっかりまはりと同じいろになってしまふのでした。

（265頁）

　これが平面銀河の小さいながらも確実な物的証拠であり、次元操作が行われた現場である。鳥たちは押し葉になり、砂にとけていくことで、平面銀河生成の過程を小さいスケールでくり返しているのである。

＊

　賢治は、リンゴを食べるシーンにも交錯する次元を組み立てる。リンゴを食べるのは、沈没船に乗りあわせ、家庭教師、姉のかほるとともに銀河鉄道に乗った男の子ただしである。

　姉はわらって眼をさましまぶしさうに両手を眼にあててそれから苹果《りんご》を見ました。男の子はまるでパイを喰べるやうにもうそれを喰べてゐました、また折角剥いたそのきれいな皮も、くるくるコルク抜きのやうな形になって床へ落ちるまでの間にはすうっと、灰いろに光って蒸発してしまふのでした。

（277頁）

リンゴの丸い実から剥かれた皮は、立体的な螺旋という三次元特有のかたちをつくりながら、リンゴの皮＝表面＝二次元的性質をもち、細い線状＝一次元的に切りだされる。賢治は、リンゴの皮がひとつずつ次元をへらして、さいごは光と匂いというゼロ次元の微細な粒子となって蒸発すると考えたのだろう。

＊

姉のかほるが語るサソリの火もまた、次元操作の話であると解釈できる。その話はこうはじまる……ある日、一匹のサソリがイタチにみつかり食べられそうになる。サソリはイタチから逃げ、井戸におちて溺れてしまう。サソリは死に瀕して、いままで多くの虫を殺し食べてきたこと、今日、自分がイタチの食べ物になっていればイタチは一日生きのびられたことを思い、神に祈る。

「……あゝ、わたしはいままでいくつのものの命をとったかわからない、そしてその私がこんどいたちにとられようとしたときはあんなに一生けん命にげた。それでもたうとうこんなになってしまった。あゝなんにもあてにならない。どうしてわたしはわたしのからだをだまっていたちに呉れてやらなかったらう。そしたらいたちも一日生きのびたらうに。どうか神さま。私の心をごらん下さい。こんなにむなしく命をすてずどうかこの次にはまことのみんなの幸のために私のからだをおつかひ下さい。って云ったといふの。そしたらいつか蝎はじぶんのからだがまっ赤なうつくしい火になって燃えてよるのやみを照らしてゐるのを見たって。いまでも燃えてるってお父さん仰ったわ。ほんたうにあの火それだわ。」

「さうだ。見たまへ。そこらの三角標はちゃうどさそりの形にならんでゐるよ。」

（287–8頁）

サソリの星座転生譚である。宗教的だったり、命と食べ物という倫理についての部分が強いエピソードだが、サソリは祈りでもって身体をうしない、夜空に永遠に輝く図形となったのである。

＊

もうひとつ、マイナス1の次元操作で出現したものをあげておこう。それは、天の川の水である。この水も、やはり同じ原理でつくり出されている。銀河を流れる水は、星々のあいだの真空を凝縮したものと考えることができる。川なのだから水が流れているといった単純なものではない。真空を圧縮してもそれは真空なのではないのか、といった常識をうち破るように、賢治は冒頭の銀河の授業から天の川の水を準備しているのだ。先生はジョバンニたちにこう説明する。

「……そんなら何がその川の水にあたるかと云ひますと、それは真空といふ光をある速さで伝へるもので、太陽や地球もやっぱりそのなかに浮んでゐるのです。つまりは私どもも天の川の水のなかに棲んでいるわけです。……」

（236頁）

そしてジョバンニが目の当たりにする天の川の水は、視覚ではうまくとらえられないほど透きとおっている。

「月夜でないよ。銀河だから光るんだよ。」ジョバンニは云ひながら、まるではね上りたいくらゐ愉快になって、足をこつこつ鳴らし、窓から顔を出して、高く高く星めぐりの口笛を吹きながら一生けん命延びあがって、その天の川の水を、見きはめようとしましたが、はじめはどうしてもそれが、はっきりしませんでした。けれどもだんだん気をつけて見ると、そのきれいな水は、ガラスよりも水素よりもすきとほって、ときどき眼の加減か、ちらちら紫いろのこまかな波をたてたり、虹のやうにぎらっと光ったりしながら、声もなくどんどん流れて行き、野原にはあっちにもこっちにも、燐光の三角標が、うつくしく立ってゐたのです。

（251－2頁）

ジョバンニは、走ってその渚に行って、水に手をひたしました。けれどもあやしいその銀河の水は、水素よりももっとすきとほってゐたのです。それでもたしかに流れてゐたことは、二人の手首の、水にひたったとこが、少し水銀いろに浮いたやうに見え、その手首にぶっつかってできた波は、うつくしい燐光をあげて、ちらちらと燃えるやうに見えたのでもわかりました。

（257頁）

ジョバンニたちは天の川の水に手をひたすが、その触感は書かれることはない。川は音もたてていない。ただすこし乱れた水の表面の反射によってだけ感じることができるのだ。このように天の川の水の描写はきわどい。液体なのか、もっと希薄なものなのか、物質なのか、そうではないのか、簡単には言いきれないものになっている。

＊

マイナス1の次元操作とは、一つは絵画の技法である。風景や人物を平面に再現するのが絵画であり、図であり、写真、そして幾何学の投影である。そして、もう一つは物理的な圧縮である。押し葉、化石というものは圧力をかけてつくられる。圧縮によってつくられたボスの化石、鳥の押し葉は、作品のなかでは2・5次元表現である浮彫のオブジェとしてあらわされている。

つまり、マイナス1の次元操作とは、僕たちの身の回りでよくみられる技法なのである。《幻想第四次》ということばからすると、いくぶん単純な変化といってもいい。しかし平面銀河を作りあげる基本的な操作なので、賢治はありとあらゆるヴァリエーションを、技巧を凝らして組み立て、作品の各所にはめこんでいる。

ジョバンニが活字を組み印刷物をつくる活版所でアルバイトをしているのも、マイナス1次元のイメージと関連づけていいだろう。

＊

つづけて、マイナス1の次元操作に関連する、模型、ミニチュアのイメージをみていこう。

銀河鉄道の地面は、銀河を大地化したものである。汽車で旅する大きさをもつが、縮尺された宇宙である。この縮尺されたもの、模型、ミニチュアというテーマは、作品の各所にあらわれる。カムパネルラの鉄道模型、フクロウの仕掛け時計、回転する星座早見盤、人馬の像……。

具体的なオブジェのほかに、風景の描写でもミニチュアのイメージがつかわれる。銀河鉄道の前にあらわれる二つの大きな十字架は、「ぢきもうずうっと遠く小さく、絵のやうになってしまひ……」、「さっきの十字架はすっかり小さくなってしまひほんたうにもうそのまゝ胸にも吊されさうになり……」と、北の十字架は小さな絵になり、南の十字架はペンダントにされてしまう。森にあらわれる孔雀は「もう一つの緑いろの貝ぼたんのやう」と、印象的な羽根の目玉模様は小さなボタンにされてしまう。

さきに考察した星座図や地図も、世界の縮尺図というミニチュアのイメージに入れることができる。また望遠鏡も、遠くのものを近くに引き寄せる——距離を無効にする——という次元操作を実現しているものとして考えていいだろう。

模型とつながるのが標本だ。

ジョバンニの父が学校に寄贈した「巨きな蟹の甲らだのとなかいの角だの今だってみんな標本室にある」し、化石を見て「標本にするんですか」と問い、鳥捕りには「鷺を押し葉にするんですか。標本ですか」と語りかける。

ジョバンニは標本少年だ。サソリだって博物館でみたことがあるのだ。

模型は縮尺されることで、標本は命をうしなったことで、永遠のオブジェとなった。つまり時間という次元をなくしてしまっているのだ。

そして、さいしょに登場するミニチュア、銀河の模型をみのがしてはいけないだろう。

先生は中にたくさん光る砂のつぶの入った大きな両面の凸レンズを指しました。
「天の川の形はちゃうどこんななのです。このいちいちの光るつぶがみんな私どもの太陽と同じやうにじぶんで光ってゐる星だと考へます。私どもの太陽がこのほゞ中ごろにあって地球がそのすぐ近くにあるとします。みなさんは夜にこのまん中に立ってこのレンズの中を見まはすとしてごらんなさい。こっちの方はレンズが薄いのでわづかの光る粒即ち星しか見えないのでせう。こっちやこっちの方はガラスが厚いので、光る粒即ち星がたくさん見えその遠いのはぼうっと白く見えるといふこれがつまり今日の銀河の説なのです。……」

（236−7頁）

「銀河鉄道の夜」は、銀河を旅するという大きなスケールにたいしてミニチュアのイメージが多用されている。それはジョバンニの夢の伏線でもあるが、物語の舞台の説明でもあるのだ。

僕には、このガラスのレンズが砕けて、ダイヤモンドの粒や少年たちがすくった天の川の小石になったように思えてならない。

＊

こんどはかわって、プラス1の次元操作をみてみよう。

プラス1の次元操作とは、単純なものとしては平面を立体に変換する操作である。この次元操作の解説は、いままでの「銀河鉄道の夜」論のなかで力がいれられた部分といっていいだろう。つまり星座イメージが物体や人物、風景としてあらわれてくるという次元操作でいちばん華やかな部分だからである。

このプラス1の次元操作には、僕がなにかつけ加える余地はないように思う。代表的なイメージと解釈を紹介しておこう。

まずは、北の十字架と南の十字架である。サソリが身体をうしなって星座になったのと反対に、ここでは北の十字（白鳥座の異名）と南十字座が物体として姿をあらわす。つまりイメージを物体化したイメジャリーなのである。この二つの十字架は、塔といってもいい存在感で天の川に立っている。

鉄道沿線にあらわれる孔雀、インディアン、鶴も、星座を具象化したものだし、聞こえてくる音楽は楽器の星座に関係がある。

地上の場面にあらわれる《天気輪の柱》は、中国文学者の中野美代子によって《天・麒麟》と読みとかれ、キリン座とされた。

鳥捕りは、小狐座を人物化したものであるらしい。小狐座は、白鳥座のとなりにあり、キツネが鳥をくわえた絵でえがかれる。だから白鳥駅で列車に乗り、鳥を捕まえたあとにフイと姿を消すのだ。彼は《小狐区》をテリトリーにしているのだろう。

鳥捕りの瞬間移動も、一つ上の次元と関係があることは間違いない。もしかすると、彼の持っている鳥の押し葉は、木の葉のお菓子なのかもしれない。

＊

つぎに次元操作に関連する現象を考えてみよう。

まず、光の明滅である。

明滅という現象は、銀河鉄道のまわりでよく起こっているように思えるが、本文をみると意外とすくない。結論からいえば、明滅は、平面銀河生成や次元操作と関係のある現象である。

まず、天気輪の丘のシーン、銀河鉄道に乗るまえの場面をみてみよう。


そしてジョバンニはすぐうしろの天気輪の柱がいつかぼんやりした三角標の形になって、しばらく螢のやうに、ぺかぺか消えたりともったりしてゐるのを見ました。それはだんだんはっきりして、たうとうりんとうごかないやうになり、濃い鋼青のそらの野原にたちました。

（248頁）

次はジョバンニが、列車の横にある川が、銀河であると気づいた直後の描写である。

……野原にはあっちにもこっちにも、燐光の三角標が、うつくしく立ってゐたのです。遠いものは小さく、近いものは大きく、遠いものは橙や黄いろではっきりし、近いものは青白く少しかすんで、或いは三角形、或いは四辺形、あるいは電《いなづま》や鎖の形、さまざまにならんで、野原いっぱい光ってゐるのでした。ジョバンニは、まるでどきどきして、頭をやけに振りました。するとほんたうに、そのきれいな野原中の青や橙や、いろいろかゞやく三角標も、てんでに息をつくやうに、ちらちらゆれたり顫《ふる》へたりしました。

（251－2頁）

三角標は、出現時に明滅し、そのあと少しのあいだ震えていることが分かる。この描写のあと、三角標は点滅したりゆれたりしない。ぺかぺかという光の明滅は、鳥が押し葉になったあとと、砂に同化する直前にもみられた。物体の明滅は、次元操作が完了したことをしめす合図である。

さいごに明滅の現象がみられるのが、夢の終盤である。この明滅をきっかけにふしぎなイメージが次々にあらわれ、鉄道旅行の終わりをむかえる。これは銀河鉄道世界の崩壊を予告するシグナルなのだ。

サウザンクロスで多くの人たちが列車から降りたあと、窓からみえた風景が次のようにえがかれる。

そのときすうっと霧がはれかゝりました。どこかへ行く街道らしく小さな電燈の一列についた通りがありました。それはしばらく線路に沿って進んでゐました。そして二人がそのあかしの前を通って行くときはその小さな豆いろの火はちゃうど挨拶でもするやうにぽかっと消え二人が過ぎて行くときまた点くのでした。

（291－2頁）

この風景をみたあと、《そらの孔、石炭袋》があらわれ、カムパネルラの見ているものがジョバンニには見えないという現象がつづき、カムパネルラの消失、そしてジョバンニも放り出されるように銀河鉄道の世界から帰ってくる。

明滅という現象は地上の場面にも登場している。カムパネルラのもっている鉄道模型のシグナルの点灯まで克明にかいている部分と、丘の暗い道でぴかぴか光る虫が登場している場面である。明滅というイメージは物語の要所に配置されている。

＊

線路をもどってアルビレオの観測所をみてみよう。

この建物のうえにあるサファイアとトパーズの玉が、同じ円のうえを回り、周期のちがいからときたま二つの宝石が重なるのである。賢治は、この情景を純粋に幾何学的なものとして、そしてまた物質的なものとして、ふたつの透明な石が溶けあうのではなく、貫入し、分離する情景をえがいている。つまり三次元の空間ではおこりえないことが書かれている。

＊

ここでもういちど、ジョバンニの切符をとりあげる。

ジョバンニの切符は四つに折られていた。じつはこの切符、初期稿のひとつの二次稿では大きさがちがうのだ。二次稿では、切符はハンカチの大きさだ。しかし三次稿以降は小さくなり、葉書のサイズになっている。

ハンカチ大の切符ならば、ポケットに入れるために四つに折りたたまなければならない。ポケットの大きさが同じならば、葉書サイズの切符は二つに折れば充分に入る。しかし、葉書サイズの切符も四つに折られている。小さくなった切符は、折りたたんであるという状態を強調しているといえるだろう。

ジョバンニの切符は「銀河鉄道の夜」の各稿で、性質やあつかいがすこしずつ変わる。たとえば二次稿では、ジョバンニ、カムパネルラ二人分の切符として通用した。カムパネルラが切符をもっていないからだ。そして二次稿と三次稿では、ジョバンニは目覚めたあとに、ブルカニロ博士から切符を受けとる。このように切符の描写は、改稿とともにすこしずつかわる。しかし賢治は一貫して、切符が四つに折りたたまれたものとしてえがきつづけている。

四つに折られた切符は、折りたたむという幾何学操作をしめしている。それは平面銀河を成り立たせている原理だ。賢治は、折りたたむという動作を、ある次元のものを一つ上の次元の操作によって変形させる行為、次元の渚が成立している場面と解釈しなおしているのである。

そして同時に、四つに折られた切符は、銀河鉄道の沿線に四つの世界が重なっていることを示唆している。四つの世界とはなんだろうか。いま僕が思うのが以下の四つである。

一つめは、烏瓜をもつ少年たちのいる《地上》である。ジョバンニの世界といってもいいだろう。二つめが、カンパネルラやかほるの世界で《死者の旅路》である。三つめは、天体としての《星の世界》である。三角標はこの世界の物体だろう。この星の世界は、ジョバンニの地上とつながっているはずだが、折りたたまれないことにはあまりにも遠方である。四つめは《星座の世界》で、ここには古代からの神話、歴史的につみ重なったさまざまな記憶、想像力が集積している。鳥捕りや灯台看守はここの住民だろう。天上もここにあるのかもしれない。

＊

銀河を高次元の力がつらぬいているのが、《そらの孔、石炭袋》である。

「あ、あそこ石炭袋だよ。そらの孔だよ。」カムパネルラが少しそっちを避けるやうにしながら天の川のひとところを指さしました。ジョバンニはそっちを見てまるでぎくっとしてしまひました。天の川の一とこに大きなまっくらな孔がどほんとあいてゐるのです。その底がどれほど深いかその奥に何があるかいくら眼をこすってのぞいてもなんにも見えずたゞ眼がしんしんと痛むのでした。

（292―3頁）

そらの孔は、天の川の水面にあいた穴である。かといって水を吸い込んでいるわけではなさそうである。平面銀河そのものをうがって、ほころびさせている。《そらの孔》は、桔梗いろの異空間の力が強いので、平面銀河をつきやぶっている場所なのだ。

＊

つぎに狼煙《のろし》のイメージを検討する。

これは二ヵ所に登場する。まず家庭教師が、船の沈没を語ったあとの情景である。

　ごとごとごとごと汽車はきらびやかな燐光の川の岸を進みました。向ふの方の窓を見ると、野原はまるで幻燈のやうでした。百も千もの大小さまざまの三角標、その大きなものの上には赤い点点をうった測量旗も見え、野原のはてはそれらがいちめん、たくさんたくさん集ってぼおっと青白い霧のやう、そこからかまたはもっと向ふからかときどきさまざまな形のぼんやりした狼煙のやうなものが、かはるがはるきれいな桔梗いろのそらにうちあげられるのでした。

（275頁）

つぎは鳥の信号手の場面でのカムパネルラのセリフである。

「わたり鳥へ信号してるんです。きっとどこからかのろしがあがるためでせう。」カムパネルラがすこしおぼつかなさうに答へました。

（280頁）

「銀河鉄道の夜」最終稿にあらわれる狼煙は、この二回だけである。これだけでは狼煙の意味は分からない。その答えは三次稿にある。カムパネルラ消失後、かわりにあらわれた黒い帽子の大人とジョバンニの会話が終わりに近づいたとき、窓の外で狼煙があがるのである。

そのときまっくらな地平線の向ふから青じろいのろしがまるでひるまのやうにうちあげられ汽車の中はすっかり明るくなりました。そしてのろしは高くそらにかゝって光りつゞけました。

「あゝマジェランの星雲だ。さあもうきっと僕は僕のために、僕のお母さんのために、カムパネルラのためにみんなのためにほんたうのほんたうの幸福をさがすぞ。」ジョバンニは唇を噛んでそのマジェランの星雲をのぞんで立ちました。

（三次稿　555頁）

狼煙は星だった。星であるということは、三角標のところから空にあがっているのだ。狼煙は、桔梗いろの空に押さえつけられ地面に貼りついていた星が、自らの立体配置をとりもどしている姿なのである。

星は自分の場所に戻りつつあるが、それはまた平面銀河が成り立たなくなっている兆候でもある。狼煙が、物語の後半から登場するのもそのためだろう。

四次元の力で折りたたまれ重なっていた平面銀河は、狼煙の合図とともにそれぞれの世界に分離していく。だからカムパネルラの見た美しい野原が、ジョバンニの眼にはうつらないのである。

カムパネルラが列車から消えたというよりも、ジョバンニの列車とカムパネルラの列車が、別れてしまったと考えるべきなのかもしれない。

＊

ここまでは、銀河鉄道の情景をみてきた。しかし、銀河鉄道のふしぎは、風景のなかだけにあらわれているわけではない。ここで登場人物のことばも検討しておこう。

はじめに化石掘りの大学士のことばである。

「いや、証明するに要るんだ。ぼくらからみると、ここは厚い立派な地層で、百二十万年ぐらゐ前にできたといふ証拠もいろいろあがるけれども、ぼくらとちがったやつからみてもやっぱりこんな地層に見えるかどうか。あるいは風や水やがらんとした空かに見えやしないかといふことなのだ。わかったかい。けれども、おいおい。そこもスコープではいけない。そのすぐ下に肋骨が埋もれてる筈ぢゃないか。」大学士はあわてて走って行きました。

（259頁）

化石の埋まっている地層が、別の視点でみると、風や空になってしまうというのは奇妙なことだ。しかし賢治の詩集『春と修羅』の「序」を知っていれば、その正反対のイメージが書かれていることはすぐに分かる。この「序」をみてみよう。登場人物も同じだ。

新進の大学士たちは気圏のいちばんの上層
きらびやかな氷窒素のあたりから
すてきな化石を発掘したり
あるいは白堊紀砂岩の層面に
透明な人類の巨大な足跡を
発見するかもしれません

『春と修羅』では、空の上層で化石を発掘するという、常識はずれのイメージがえがかれる。それとは逆に平面銀河説では、化石の埋まった地層を宇宙、空、風が閉じこめられたものとして考えることができる。「銀河鉄道の夜」の大学士のことばは、化石を掘りだしている地層が空や風からできていることをしめし、そして地層が風や水にもどっていくことを予告している。賢治は、宇宙、空、風、水にちらばっている牛の記憶、痕跡を、この川原にぎゅっと圧縮して、ボスの化石をつくり出しているのだ。

＊

ここで、あらためて銀河鉄道の検札のシーンを検討しよう。ジョバンニの切符をめぐって重要な会話がかわされるからだ。


「これは三次空間の方からお持ちになったのですか。」車掌がたづねました。

「何だかわかりません。」もう大丈夫だと安心しながらジョバンニはそっちを見あげてくつくつ笑ひました。

「よろしうございます。南十字《サウザンクロス》に着きますのは、次の第三時ころになります。」車掌は紙をジョバンニに渡して向ふへ行きました。

カムパネルラは、その紙切れが何だったか待ち兼ねたといふやうに急いでのぞきこみました。ジョバンニも全く早く見たかったのです。ところがそれはいちめん黒い唐草のやうな模様の中に、をかしな十ばかりの字を印刷したものでだまって見てゐると何だかその中へ吸い込まれてしまふやうな気がするのでした。すると鳥捕りが横からちらっとそれを見てあわてたやうに云ひました。

「おや、こいつは大したもんですぜ。こいつはもう、ほんたうの天上へさへ行ける切符だ。天上どこぢゃない、どこでも勝手にあるける通行券です。こいつをお持ちになれぁ、なるほど、こんな不完全な幻想第四次の銀河鉄道なんか、どこまでも行ける筈でさあ、あなた方大したもんですね。」（268頁）

ここで車掌のいう「三次空間」が地上のことで、鳥捕りのいう「幻想第四次」が銀河鉄道の世界を指していると理解できる。では《第四次》とはなんだろうか。

まず、第四次は時間、という解釈ができる。《不完全な幻想第四次》とは幻想的な時間、つまり夢の時間であるという読みかたである。これはジョバンニの切符が、初期稿のなかでは《夢の鉄道の切符》と再定義されるからだ。三次稿の黒い帽子をかぶった学者のことばをきいてみよう。ジョバンニが目覚める直前のシーンである。

「さあ、切符をしっかり持っておいで。お前はもう夢の鉄道の中でなしに本当の世界の火やはげしい波の中を大股にまっすぐに歩いて行かなければいけない。天の川のなかでたった一つのほんたうのその切符を決しておまへはなくしてはいけない。」

（三次稿　５５５頁）

初期稿では《不完全な幻想第四次》は、夢の時間とかんたんに解くことができる。そして、その解釈は物語の全体的な構成のなかにおさまる。

しかしその解釈に賢治が満足しないのは、引用を読めばあきらかだ。「世界の火やはげしい波」のなかでも通用する「天の川のなかでたった一つのほんたうのその切符」とされ、ただの《夢の鉄道の切符》ではないとされているからだ。

しかし《夢の鉄道の切符》という定義は、最終稿には引きつがれない。このセリフを語るセロの声や黒衣の学者は削除された。このことばが夢のなかで語られてしまうと作品のスケールが小さくなることも、このことばをのこさなかった要因だ。

初期稿と最終稿では作品のスケールがまったく違う。初期稿では、ジョバンニが目覚めたあとの展開は、物語をおわらせるためのものでしかない。極論すれば、初期稿の銀河鉄道の夢は、操作されて見たものでしかないし、ジョバンニが金貨をもらってするアルバイトでしかない。賢治はその欠点を埋めようとして、三次稿で黒衣の学者に自分の本音を代弁させた。それが三次稿の根づよい人気のひみつであり、特徴だ。

これにたいして最終稿では、夢の中で、これは夢なのだと説明されることはない。目覚めたあとの現実の場面は、夢をつつみこむスケールをもちながら、また銀河の夢をも大きくする。もちろん、最終稿で《夢の鉄道の切符》ということばがなくなっても、銀河鉄道が夢のなかであったことはかわらない。しかし、幻想第四次ということばは、夢と直結しなくなった。つまり幻想第四次は、時間という意味合いを減らし、幾何学的な性格を大きくしている。

物理学者の斎藤文一は、『科学者としての宮沢賢治』のなかでこう述べている。

四次元世界の法則は見えない世界を支配する。しかもその法則は、さまざまな幻想の細部で、単なる言葉としてではなく、賢治の中で燃える感情となって生きている。そして彼は、そういうものと通信できると感じていたらしいのだ。

一方、この法則は個々の幻想を制御し、そこに新しい展開を見せさえする。四次元感覚は幻想の暴走を抑え、許し、受け入れる容器であるともいえよう。

斎藤のいうように、賢治は、天の川の横を列車が走るという幻想をゆるす。しかしその幻想は制御され、鉄道沿線の情景はひとつの法則のなかでしか書くことをゆるされていないのだ。幻想第四次は、天の川を列車が走るという舞台をつくりあげる。それは銀河をつぶし、サソリを星座にかえ、鳥を押し葉にするふしぎな力である。そして反作用として白鳥座や南十字座は塔となり、さまざまな星座が人物や動物となってあらわれる。幻想第四次は、銀河鉄道の世界をつらぬく、宇宙変形の原理なのだ。

しかし《不完全な幻想第四次の銀河鉄道》ということばを、鳥捕りに言わせているというのはポイントだろう。不完全と幻想のうえに、鳥捕りの正体不明さまでつけ加えて、賢治の本意はいったいどこにあったのだろう。「四次」「四次」って書いたけど、あれはハヤリの言葉だからつかったんだよ、とこっそり告白しているようにも思える。

あるいは賢治は《銀河鉄道》ということばの強さを押さえこもうとしたのではないか。《銀河鉄道》ということばは魅力的だ。「銀河鉄道の夜」というタイトルだけで、後世に残ったのではないかとおもえるほどである。しかし作品本文では、鳥捕りのセリフのなかでしか使われていないのだ。

ただ、時間のことは問題としてのこる。どうして「銀河ステーションの時計はよほど進んでゐる」（三次稿）のか、地上は夏のようなのに、銀河鉄道のまわりは秋らしいのはなぜか。灯台のまえを鳥の大群がとおった「一昨日」とは本当にあったのか。そのとき銀河鉄道は走っていたのか。

「銀河鉄道の夜」が、賢治の宇宙論《コスモロジー》であるならば、これらの疑問もきっといつの日か解かれるであろう。

＊

以上で次元操作の細部についての検討を終える。

ここでもう一度、僕の平面銀河をふりかえってみよう。その出発点は、ますむら・ひろしの「銀河鉄道の夜」解釈のひとつである《星が星でなくなる銀河》であった。ここから僕は、列車が走る地面は銀河を平らにしたものであると思いいたり、それを可能にしたのが、《不完全な幻想第四次》の幾何学であると考えた。銀河鉄道は、圧縮された三次元と四次元がぶつかり合った場所を走るのだ。そして、《交錯する次元》という原理が不思議な情景をつくり出していると推測し、その証拠を作品のなかにもとめた。

その細かい部分は先に述べたとおりだが、この原理がいちばん明確にあらわれているのが、鳥の押し葉の部分であった。この場面は、ジョバンニたちがお菓子をもらった楽しいエピソードとして読みながしがちだ。だが、この部分は作品全体のなかに占めるボリュームが大きいことが、読みかえしてわかることであった。

そして、ジョバンニの切符が折りたたまれていた意味を、もう一度書いておこう。折りたたまれた切符は、二次元平面と三次元空間、つまり次元数がひとつ異なる世界が出会っていることをあらわしている。ジョバンニの切符は、平面銀河という、三次元と幻想第四次のぶつかりあう場所の類比物なのだ。

《不完全な幻想第四次》ということばにまどわされて、次元をあげる操作に目がいきがちだが、「銀河鉄道の夜」の中心原理はマイナス1の次元操作だったのである。

平面銀河や次元操作というテーマで、「銀河鉄道の夜」を読むということは成り立ちそうだ。とはいえ、平面銀河は列車の走る地面であり、次元操作の一つひとつは作品の点景でしかない。だけれども僕の目標は、銀河鉄道の走る空間を解きあかすことだ。もうすこし先に進んでみなければならない。

*

そのまえに三角標を次元操作と結びつけてみよう。

ますむら・ひろしがあきらかにしたように、三角標は星なのである。鳥の押し葉が、次元操作の現場をえがいたものとすれば、三角標は、次元操作という宇宙変形の根本的な方法をしめしているのだ。

三角標は、現実のでこぼことした地表を、地図という平面上に再現するための道具である。

つまり三次元の空間を、二次元の図にかえるための手段であり、方法である。

このことから、星が三角標にかわっているということは、銀河のなかにばらばらにちらばっている星が、地図という整った図形にうつしとられることを予告している。三角標はこれらをむすぶ道具であり、手続きであり、中間項なのだ。僕が平面銀河生成の瞬間と解釈した《蛍烏賊とダイヤモンドの光》と一緒に、三角標も次元操作のなかに入れていいだろう。

三角標は、カムパネルラのもつ黒曜石の地図を準備している。次にみるべきはカムパネルラの地図である。この地図には明確に銀河鉄道の線路が引かれているのだから。

★ノート1　四次元の原稿

「銀河鉄道の夜」は、現代の作品としてはめずらしいほど作品の本文が確定していない。読む本によって内容や細部、ときには登場人物までちがう。これにはもちろん理由がある。まず、作品が未完成なこと、賢治の生前には発表されておらず、原稿や字句の欠けがあること。そして、八三枚の原稿に、初期の稿から推敲、改稿された原稿が、重なって存在していることがあげられる。

この自筆原稿から、現在《最終稿》とよばれる本文を成立させ、同時に一次から三次の《初期稿》を分離したのが、天沢退二郎と入沢康夫である。この二人の丹念な解読とたいへんな作業によって「銀河鉄道の夜」は一定のかたちをもった。しかし、天沢と入沢の作業より前から、「銀河鉄道の夜」はひろく人々に親しまれていた。それは現在の観点からいうと、最終稿と三次稿のまざった作品ということになる。つまり世の中には、さまざまな「銀河鉄道の夜」があるのだ。

天沢退二郎は「銀河鉄道の夜」の原稿について、「自筆草稿テクストがもっている時間的空間的四次元構造」（『エッセー・オニリック』）と書いた。そして、僕たちの読む「銀河鉄道の夜」は、その四次元の本体を分離し、整理し、化粧した平面であるとした。

つまり天沢たちは、作品「銀河鉄道の夜」に次元操作をくわえたのだ。そして、僕たちが読む「銀河鉄道の夜」は、賢治の自筆原稿の一つの影でしかない。銀河鉄道が《不完全な幻想第四次》を走るように、「銀河鉄道の夜」は次元の渚に存在する。この作品は、折りたたんだり、拡げてみたりしながら読むことが可能であるし、また、そうしなければ理解できないのだ。

★ノート２　三角標について

ますむら・ひろしが、星が三角標にかわっていることをつきとめ、それをひろめたことの意義は大きい（ますむらは、それが再発見であると書いている）。三角標の正体があきらかになったことで、銀河鉄道沿線が、経験される空間であること、また作品の大地性が強調されることになったのだ。

じつは、ますむらは『イーハトーブ乱入記』のなかで、僕の平面銀河説の先駆的アイディアにすでに達している。

地表が天の野原にあたり、地表から突き出た四角い測標部分。そこがまさに三角標変化している。そして地中に埋まった測標部分は天気輪の柱状態で、この地中こそ現実空間となるのだ。

ここでは、三角点の標石（石の角柱）と、三角標（四角錐のヤグラ）が混同されてしまっているが、彼の言いたいことは平面銀河のイメージを先取りしている。

しかし、ますむらと僕の分岐点はこの先にある。地上の三角点を星に見立てた賢治の想像力にせまりながら、ますむらは、なお夜空に三角標のイメージをもとめる。つまり夏の大三角（白鳥座のデネブ、鷲座のアルタイル、琴座のベガをつないだ三角形）が、三角標になったというのだ。彼はどうやら天の三角形と、三角標の側面にできる三角形を重ねて考えている。この連想はどうなのだろう。

賢治は、夏の大三角を、三角測量の大きな三角形（三つの三角点をむすんだ三角形。一辺が数キロメートルになる）と考えたのではないか。天の三角形と、地面にえがかれる大きな三角形が対応していると考えたほうが、賢治の想像力に近いと思うのだ。

賢治が「銀河鉄道の夜」において、銀河と同じくらい大地のことを考えていたのは、三角標の登場からも、三次稿にあらわれる「地理と歴史の辞典」からもあきらかだろう。

話はかわるが、サン＝テグジュペリの『星の王子さま』にも地理学者が登場する。サン＝テグジュペリは地理学者にこう語らせる。

「そうじゃ。だがわしは探検家ではない。まったくもって、探検家が不足しとるのさ。地理学者が自分から町や、川や、山や、内海や、外海や、砂漠を数えに出かけるものではないのでな。地理学者というのはとてもえらいから、そんなふうにうろつくわけにはいかん。

仕事部屋を離れてはならんのだ。そのかわり、探検家に来てもらう。いろいろと質問して、探検家が覚えていることを書きとめるのさ。そして、何かおもしろい話をする探検家がいたならば、地理学者はその探検家が信用のおける人間かどうか、調査をする」

「地理学の本というのは、あらゆる本のなかでもっとも貴重なものなのだ。決して古びたりせん。山の位置が変わるなど、めったにあることじゃないだろう。海の水がからっぽになってしまうなどということも、めったにない。わしらは永遠に変わらないことだけを記録するのだ」

（訳文は野崎歓『ちいさな王子』）

じっさいに飛行機を乗り回し、探検家気質もあったサン＝テグジュペリは、皮肉をこめて地理学者を書いている。しかし、地理学というものが人々の想像力をかきたてる、そんな時代があったことはあきらかだろう。

ノートのさいごになってしまったが、《ジョバンニの銀河》という題名は、ますむら・ひろしの『イーハトーブ乱入記』のなかのことばを使用している。ますむらの冒険に敬意をあらわすとともに、ここに記しておく。

★ノート３　マルセル・デュシャン

平面銀河のアイディアを思いついたのは、マルセル・デュシャンの方法を知ったことがきっかけだった。僕の源泉の一つとして、デュシャンについてもノートしておこう。

まずデュシャンと賢治の歳の差をみてみよう。デュシャンが一八八七年生まれで、一九六八年に死去している（享年八一歳）。賢治は一八九六年の生まれで一九三三年に死去している（享年三七歳）。デュシャンは長生きしているので僕らの時代のすこし前の人物という印象をもってしまうが、賢治よりも九つ年上なのである。

同じ時代に生きたこの二人は、はっきりと対照的でもある。パリからニューヨークといつも二十世紀美術の中心にいたデュシャンは、自らの墓銘に「されど死ぬのは他人ばかり」と彫らせる虚無的な人物である。かたや東京に惹かれながらも花巻をながく離れることはなかった宮沢賢治は「世界がぜんたい幸福にならないうちは個人の幸福はあり得ない」（「農民芸術概論綱要」）と言わずにはいられなかった。

二十世紀のなかで最も遠い場所にいるようにみえる二人は、どのような精神を共有していたのだろうか。

さて、マルセル・デュシャンといえば、便器にサインをして作品にしたり、モナリザにヒゲを書きたした美術家として知られている。しかし、それらの作品は（のちの美術に多大な影響をのこしたとはいえ）彼のなかでは衛星的な作品にすぎない。

デュシャンの代表作は「彼女の独身者たちによって裸にされた花嫁、さえも」（通称「大ガラス」）なのだ。長く不可解なタイトル、それ以上に奇怪なイメージの作品で、デュシャンにとらわれた人たちは、こぞって解説をもとめ、解釈を行うのである。しかし、ここでは作品の解釈ではなく、デュシャンが作品でつかった方法をみることにしよう。

「大ガラス」は、ガラス面に構成された作品で、上下ふたつの部分に分かれている。上が花嫁の領域、下が独身者の領域である。まず独身者の部分をみると、きっちりとした透視図法で機械的な部品がえがかれている。そして花嫁の部分をみると、雲とも内臓とも昆虫機械ともとれる、ふしぎなイメージになっている。そしてデュシャンによれば、この花嫁は四次元の物体なのだ。

デュシャンは、自作の解釈について「解答はない、なぜなら問いそのものがないからだ」とはぐらかした。しかし、四次元の花嫁についてはインタビューで詳細に語っている。デュシャンの言葉を聞いてみよう。

『大ガラス』に計算を持ちこんだりはしませんでしたがね。私は単に、投影、不可視の四次元の投影というアイデアを考えただけです。四次元を眼で見ることはできませんからね。三次元の物体によって影をつくることができることはわかっていましたから、――それはどんな物体でも、太陽が地面の上につくる射影のように、二次元になります――、単純に知的な類推によって、私は四次元は三次元のオブジェに射影されるだろうと考えました。別な言い方をすれば、われわれが何気なく見ている三次元のオブジェは、すべて、われわれが知ることのできない四次元のあるものの投影なのです。

これはちょっと詭弁めいたところもありますが、とにかくひとつの可能性です。私はこれをもとに、『大ガラス』の中の「花嫁」を、四次元のオブジェの投影としてつくったのです。

マルセル・デュシャン、ピエール・カバンヌ『デュシャンは語る』

デュシャンは、八年の期間（一九一五―二三）をへて、未完成のまま「大ガラス」の製作を放棄する。この後、彼は同レベルの作品をつくることはなくなる。「もう何も思いつかないのです」と枯渇をほのめかしもした。この態度により、「デュシャンは美術をすてた」「彼は自分自身を繰り返さない」「デュシャンの沈黙」といわれ、生きているうちから神話とされていった。

しかしデュシャンの死後、人々を驚かせることがおきる。彼はだれにも知られず二十年の時間をかけて、大作「1．落ちる水　2．照明用ガスが与えられたとせよ」（通称「遺作」）を作りつづけていたことが、あきらかになったのだ。

そして「遺作」は、「大ガラス」と関係のある作品だった。「大ガラス」では四次元存在だった花嫁は、「遺作」では三次元の存在、つまり人間のかたちをとってあらわされていた。「遺作」は、難解な「大ガラス」の絵解きであるともいわれる。四次元の花嫁が、三次元におちてきた姿だともいわれる。

ここでデュシャンの二つの代表作を、幾何学的次元という観点から整理してみよう。「大ガラス」の独身者たちは、三次元の物体を透視図法という方法でえがいたものである。そして花嫁は、四次元の影としての三次元物体を、さらにガラスの平面に定着させたものだ。

かわって「遺作」では、三次元の花嫁をハリボテ人形にして、ジオラマ空間に配置してある。つまりデュシャンは、一つのテーマを次元をかえた方法でくり返し作品にしているのである。この「大ガラス」から「遺作」への次元操作によって、とばっちりを受けたのが独身者たちだ。「大ガラス」には九体いるのだが、「遺作」ではランプの中に閉じ込められてしまったらしく、本当に存在しているのかすらわからない。

デュシャンは、どこからこのような発想をえたのだろう。その場所は分っている。彼の兄が主宰していたキュビストのサロンだ。このサロンからポアンカレ、ベルグソンといった数学者、哲学者そして神秘主義につながるラインがみえ、ふり返るとキュビスム、未来派、ロシア・アヴァンギャルド、抽象絵画をきりひらいた画家たちがみえてくる。

そして、この系譜に賢治をおいてみると、「銀河鉄道の夜」（一九二四頃―三二頃）は、十年遅れであることが分かる。デュシャンが「大ガラス」を放棄したあとに、やっと書きはじめられている。

デュシャンは、四次元を三次元のなかでえがく方法をみつけた。「大ガラス」「遺作」は、二十世紀美術の記念碑となっている。

そして僕はこう考えた。賢治は、三次元の宇宙を変形させるものとしての四次元をえがいているのだ、と。そして鳥が押し葉になる部分を読みかえして、それを確信したのだ。

賢治とデュシャンは、四次元をテーマにした同時代人だったのだ。

★ノート4　真空について

「銀河鉄道の夜」は西洋的な、もっといえばキリスト教の装飾のつよい作品である。しかし宮沢賢治といえば熱心な仏教徒であり、法華経信者であったことはよく知られている。「銀河鉄道の夜」をキリスト教を背景にもった階層宇宙や、『法華経』などの仏典がえがきだしている秩序宇宙を参照して解読するという方法はありえるだろう。

一つだけ法華経と「銀河鉄道の夜」をむすびつけてみよう。

僕は、天の川の水が真空を凝縮してつくられたものとした。賢治の《真空＝天の川の水》は、真空がなにもない空っぽの「がらんとした」空間であるという常識と、二十世紀の初頭まで存在がとりざたされたエーテル（光の媒質）、世界の一切が空《くう》であるという仏教の考え方を、法華経にあらわれる世界をうるおす《一味の水》のイメージで一つにまとめたものだろう。

《一味の水》とは、仏の教えの真実性、普遍性の比喩としての水であり、一つの味は仏の教え、悟りの道の唯一性をあらわす。賢治は「光をある速さで伝へるもの」が世界を満たし、存在をうるおし、宇宙のなかで循環する《一味の水》であるとしているのだ。もちろん《一味の水》は、人間の五感でとらえられるものではない。しかし「銀河鉄道の夜」では、宇宙を圧縮することで《一味の水＝天の川の水＝真空》をジョバンニがかろうじて感じられるものとしてえがきだしている。賢治は、空間そのものが物質化するイメージを描きだしているのだ。

そしてこのイメージは、賢治の作品にあらわれる光素《エーテル》、水素のりんご、真空溶媒、電子は真空異相といった独特なことばとつながっていくだろう。

★ノート5　賢治の銀河

「銀河鉄道の夜」冒頭の、銀河の授業の部分を読んでいると、僕たちはなにか違和感にとらわれる。この感じはなんなのだろうか。僕たちの知る宇宙と、賢治の思いえがいた銀河の基本的な違いは考えておくべきである。賢治は、当時の科学を吸収していたが、その知識や知見を二十一世紀の常識と直結させてしまっていいのだろうか。《そらの孔、石炭袋》をことばの類似だけでブラックホールと言ってしまうのはあやうい。この授業の歴史性や幻想性をあきらかにしてみよう。

「午后の授業」の先生による銀河の話を聞いて、まず気になるのが説明していることがらである。

先生は、太陽が銀河の「ほゞ中ごろ」にあると言い、夜空に見える天の川を説明するときには、レンズ状の銀河の「まん中」からまわりを見わたすと言っている。賢治の銀河は、太陽中心なのだ。ただ、この件については賢治は無実といってもいいだろう。天文学でも、銀河のなかの太陽の位置は確定していなかったのだ。しかし、この書き方と僕たちの知る銀河との違いはあきらかだ。現在の常識では、太陽は銀河の中心にはないことになっている。つまり賢治のえがいた銀河は、僕たちの知る銀河とはあきらかに違う構造なのだ。

つぎに星々のあいだに横たわる、真空についてである。

先生の説明は、すでにジョバンニの夢の中なのではないかと思うほど幻想的である。先生はなんども星のあいだの空間を水にたとえ、ミルクの比喩まで使う。そして、真空が空気のまったくない状態であることを説明せず、「真空といふ光をある速さで伝へるもの」とだけ言っておわらせる。相対論とそれによって否定されたエーテル説を思わせるような内容だ。先にも書いたように、これがまじりあって賢治独特の《水素よりももっとすきとおった》天の川の水を準備している。

こんどは授業で説明されていないことがらを見ていこう。

まず銀河の大きさについては次の授業にまわされてしまう。そして銀河が渦巻き状であることが書かれていない。レンズ型の銀河模型も渦巻きになっていないのだろう。さらに銀河が複数あることが説明されない。アンドロメダ銀河、大小マゼラン銀河が、僕たちの銀河のとなりにある別の銀河であることに全くふれていないのだ。

なぜだろうか。ヒントは本文の中にある。先生のいう「大きな望遠鏡」「大きない、望遠鏡」ということばである。二十世紀はじめには望遠鏡や観測技術の革新がおこっており、宇宙像も新しいものにかわっていったのだ。そんな状況のなかで賢治は、銀河や宇宙をどうとらえていたのだろう。それは「銀河鉄道の夜」やほかの作品にわたって重要であるが、意外とこの問題に触れた文章はすくない。

まず原子朗の『定本　宮澤賢治語彙辞典』の「銀河系」の項から引用する。

さて賢治が天文知識を吸収した大正期の天文書では、銀河系の外に別の銀河が存在するという島宇宙説はまだ諸説の一にすぎず、渦巻き星雲を惑星系（他の太陽系）誕生の一過程とする説（アレニウスがこれにあたり、賢治も影響を受けた）も根強かった。島宇宙説は一九二三年、アメリカのハッブルによって確証された。

賢治の意識の中には、宇宙＝銀河系（玲瓏レンズ）、銀河の窓＝裂け目（石炭袋）、そしてその先の未知の異空間、といった図式ができていたようである。

……賢治にとっても現空間の最大領域（宇宙）は銀河系だった。

斎藤文一は、『銀河系と宮澤賢治』のなかで、大正期の銀河認識について以下のように書き、賢治もおなじ考えであるとする。

この時代は天文学的にいえば、ケフェイド変光星によって、一〇〇万光年以上ともいう「アンドロメダ銀河までの距離」測定（一九二四年、ハッブル）以前の時代と特徴づけても大きなあやまりとはいえないであろう。

ますむら・ひろしも、賢治の銀河について書いている。

> 当時の賢治にとっては、「銀河系の外には星はない」という意識の方が強かったと思われます。たしかにジョバンニの先生の説明でも、銀河をレンズ模型で語るとき、銀河の外に関しては何も語らないのです。
> そうしてみると、「銀河鉄道」と賢治が示した言葉のニュアンスは、〈銀河＝全宇宙〉という意味に近くなり、いわば宇宙鉄道列車の外に広がる〈真空〉の空の描写は、あいまいになるしかないのです。
>
> 「賢治が描いた幻想の第四次空間」

丹生谷《にぶや》貴志《たかし》は、「銀河鉄道の夜」の推敲が、ハッブルの提示した宇宙に対する賢治の「反時代的な物質的闘争だったのかもしれない」（「河辺について」）と述べている。

引用の各所に名の出るエドウィン・ハッブルは、アメリカの天文学者で、アンドロメダ銀河までの距離をはかり、この銀河が、僕たちの天の川銀河から遠く離れた場所にあることをつきとめた人物である。

現在の観測では、アンドロメダ銀河は天の川銀河から約二百五十万光年はなれた場所にあり、直径は天の川銀河の倍もあるとみられている（天の川銀河の推定直径は約十万光年）。この結論により、天の川銀河は、宇宙のなかの唯一の銀河という特別な地位をうしなうことになる。そして宇宙は、格段に大きなものとしてとらえられることになったのだ。

このことについて、ハッブルは「天文学の歴史は地平線の後退の歴史である」と言っている。ではハッブルが決着をつける以前、天文学ではなにが問題となっていたのだろう。それは性能のあがった望遠鏡によって次々みつかる渦巻き星雲の正体であり、銀河の大きさであり、宇宙の構造であった。

この当時の考えを三つにまとめると、一つめが、天の川銀河がそのまま宇宙全体であるとする宇宙円盤説（ディスクシェイプドユニバース）。この説は、渦巻き星雲を惑星系が生まれる過程とした。賢治の考えもこれにあたる。

二つめが、渦巻き星雲は別の銀河だが、天の川銀河にくらべてはるかに小さく、巨大な天の川銀河の付属物にすぎないとする巨大銀河説。

三つめが、渦巻き星雲はまったく別の銀河であり、それぞれが天の川銀河に匹敵する規模をもつとする島宇宙説である。島宇宙とは現在のことばでいえば銀河系外銀河であり、島宇宙説は僕たちのいる天の川銀河の外にも銀河があるという立場だ。

二十世紀初頭の天文学ではこれらの説に勝敗をつけられず、それぞれ論をたて観測をつづけていたのだ。

そしてハッブルは、アンドロメダまでの距離をわりだした。ハッブルの出した結論は、島宇宙説を勝者とし、僕たちの天の川銀河から遠くはなれたところにも星があり銀河があるという、宇宙観のおおきな転回点になっている。

しかし宇宙論の通史を読んでいても、ハッブル以前の問題には簡単にしか触れられていない。それはハッブルが古い問題をかたづけたと同時に、新しい課題、遠い銀河ほど速く遠ざかっているという《膨張する宇宙》をつきつけたからである。膨張宇宙の観測は一般相対論と結びつけられて、宇宙論は新しい展開をむかえる。

そのためにハッブル以前の問題は、現代の宇宙論のなかでは軽くあつかわれ、印象のうすいことになってしまっている。そしてそれは賢治の銀河と、僕たちの宇宙のあいだにある断絶をも、みえにくくしてしまっているのである。

そしてハッブル以前の問題を整理してみると、「午后の授業」で語られなかったことの意味もあきらかになる。

銀河の大きさについては、まだ天文学のなかでも結論はなかった。天の川銀河の大きさは、宇宙円盤説と島宇宙説の勝敗にかかわる重要な数値だったのだ。また渦巻き星雲を、惑星系誕生の一過程として考えている賢治としては、銀河が渦巻き状であるかどうかは軽々に表現できない。なぜなら、天の川銀河が渦を巻いているなら、渦巻き星雲が別の銀河であることの傍証になってしまう。そしてとうぜん別の銀河については一切ふれない。賢治にとって、そんなものは存在しないからである。

そして「銀河鉄道の夜」には、銀河の授業、銀河模型、星座図、天の川の地図、そして銀河鉄道の舞台といった宇宙観を表明することのできるものが、いくつも出てくる。しかし、そのなかで天の川銀河の外に別の銀河があるというイメージは、一度もえがかれていないのだ。

賢治の考えでは、天の川銀河が宇宙の全体であり、太陽はその中心にあった。つまり賢治は、太陽や地球が宇宙の一等地にあると考えていたのだ。また、アンドロメダ銀河もマゼラン銀河も別の銀河ではなく、天の川銀河のなかの小さな星雲としてとらえていた。

賢治は、天文学の宇宙よりも秩序や全体性という理念としての銀河を、無限に拡散する宇宙よりも有形の銀河を好んだといっていい。賢治の銀河論は、その後の宇宙論を射程にとらえられなかったが、「午后の授業」には当時の天文学の革新や緊迫感がのこっている。

真空や無限に魅惑されたパスカルさえも「無限の空間の永遠の沈黙が、わたしを恐怖させる」と言ったではないか。宇宙を考えるものは、肯定するにせよ否定するにせよ無限という観念に真摯に立ち向かわなければならないのだ。

「午后の授業」は、一度も宇宙という言葉をつかわずにすすめられる。賢治が「銀河鉄道の夜」で一度もつかわなかった宇宙という言葉を振りまわして作品を語るのはカッコの悪いことなのかもしれない。すくなくとも、それを意識しなければ賢治の意図を見誤ることにつながるだろう。

ところで賢治の銀河と天文学の差がひろがっていったことは、僕にひとつのことを思いおこさせる。「銀河鉄道の夜」はぎりぎりのタイミングで書かれ、そして僕たちの前にのこされたということだ。この作品は一九二四年に書きはじめられたとされる。ハッブルの観測結果が発表されたのも同じ年なのである。賢治が「銀河鉄道の夜」を手直しし、改稿をしているあいだにも、とめどもなく大きくなっていった宇宙、複数の銀河という新説はどんどん定着していっただろう。この状況がつづくなかで、賢治は、さらにこの作品を完成させようとしただろうか。賢治の死による中断がなければ、「銀河鉄道の夜」の運命はどうなっただろう。はたして、僕たちはそれを読むことができただろうか。

しかし、この時期に「銀河鉄道の夜」が書かれたのは偶然ではない。宇宙像の革新期だからこそ「銀河鉄道の夜」は書かれた。かたちをもった銀河が無限の空間にちらばっていく焦燥感におされ、賢治は自分の宇宙形状誌をはっきりと書かなければならなかった。その宇宙は強い意思で構想され、明確な形状と大きさをもっていなければならなかったのだ。

平面銀河という銀河鉄道の舞台は、拡散していく天文学宇宙にたいする回答だった。賢治は、夜空の圧縮でもってハッブル宇宙に立ち向かったのである。

II　カムパネルラの地図

「銀河鉄道の夜」にでてくるオブジェで、何がほしいかときかれたら、ちゅうちょなく、カムパネルラの持っている黒曜石の地図と答えるだろう。

ひとによっては、ジョバンニの切符かもしれない。川原の小石、クルミの化石だって魅力だ。でもこの丸い地図ほど、僕のほしいものはない。黒い石に精密にきざまれた鉄道路線、直径三十センチほどだろうか。もしかすると、そのなかに全天の星が、三角標となってちりばめられているかもしれない。すべての星座が、歪まないでえがかれているのかもしれない。なんといっても四次元のからんだ地図なのだ。どんな描法がつかわれているのか、それを考えただけでわくわくする。

そして、この地図があれば、銀河鉄道の調査は飛躍的にすすむだろう。たしかにジョバンニとカムパネルラの会話から、地図についてはある程度の内容は想像できるが、このふたりは窓からみえるもの、直近の駅の情報くらいしか地図から読みとろうとしていない。しかし、地図というものは必要以上の情報、宝物をそのうちに秘めているのである。

地図は世界の縮図である。地図と世界の構造は一致している。ならば地図の内容が分かれば世界を知ることができるし、その逆に世界の構造から地図を思うこともできる。

こんな魅力的なオブジェなのに、賢治の解説書などで再現したものをみることはない。いいところ天の川を中心とした星座図や天体写真をのせているくらいである。

このカムパネルラの地図は、星座図と地図の両方の描画をかねそなえていないと美しく再現できないのだろう。銀河の横に線路を引いても、カムパネルラの黒い地図にはならないのだ。

では、作品の本文からカムパネルラの地図をみていこう。


そして、カムパネルラは、円い板のやうになった地図を、しきりにぐるぐるまはして見てゐました。まったくその中に、白くあらはされた天の川の左の岸に沿って一条の鉄道線路が、南へ南へとたどって行くのでした。そしてその地図の立派なことは、夜のやうにまっ黒な盤の上に、一一の停車場や三角標、泉水や森が、青や橙や緑や、うつくしい光でちりばめられてありました。ジョバンニはなんだかその地図をどこかで見たやうにおもひました。

「この地図はどこで買ったの。黒曜石でできてるねえ。」

ジョバンニが云ひました。
「銀河ステーションで、もらったんだ。君もらはなかったの。」
（250―1頁）

この描写から、まず思いだされるのが、時計屋にあった「円い黒い星座早見」であり、学校の授業に出てきた「大きな黒い星座の図」である。

そしてまた、この地図が精密なものであることも分かる。つまり鉄道路線の概略だけをえがいたものではないのだ。なぜかといえば、地図に土地の測量の基準となる三角点（三角標）の情報が記載されているからである。現代でいえば国土地理院の地図、あるいはそれに準じた「立派な」地図ということである。賢治の時代には、こういった官製の地図は陸軍がつくっていた。

＊

ところで、このカムパネルラの地図について、多数のひとが支持する見解がある。それは、カムパネルラの地図は星座早見である、とするものである。

この見解は、時計屋の「円い黒い星座早見」と、カムパネルラの地図の形状、色が似ていること。地図に天の川がえがかれていること。カムパネルラが地図をくるくる回していることが、星座早見の回転させる部分をおもわせること。そしてカムパネルラの地図をみたジョバンニがいる。

「なんだかその地図をどこかで見たやうにおもひました」と思っていることからみちびかれている。

そして、この見解は一歩すすんで、銀河鉄道は天の川の右岸を走っている、という空間モデルを提出している。まずは、このモデルを紹介しておこう。

もういちど川と線路をおさらいすると、どちらも北から南へ進んでいる。天の川は、白鳥座のある北が上流、南十字座のある南が下流である。そしてジョバンニたちの乗った銀河鉄道は、南下して進んでいる。

列車が右岸を走っていると決めている根拠は、風景にあらわれる星座的イメージにある。とくに《蝎の火》サソリ座の主星アンタレスが、星座早見でみると天の川の左岸にあり、列車の窓からみて川の向こう岸に《蝎の火》がみえるからである。さらにこの位置だと、反対側の窓に、インディアン（座）、鶴（座）がみえることにも合致する。

しかし、この位置関係であわない星座もある。孔雀（座）は線路側にいるはずなのに、作品本文では向こう岸にあらわれる。飛んでいったのだろうか。ケンタウルス座であろうケンタウル村は、反対の岸ではなく、まさに列車が村の横を走っているように思われる。

このように星座のイメジャリーは、天の川の此岸、彼岸いり乱れていたり、あいまいだった

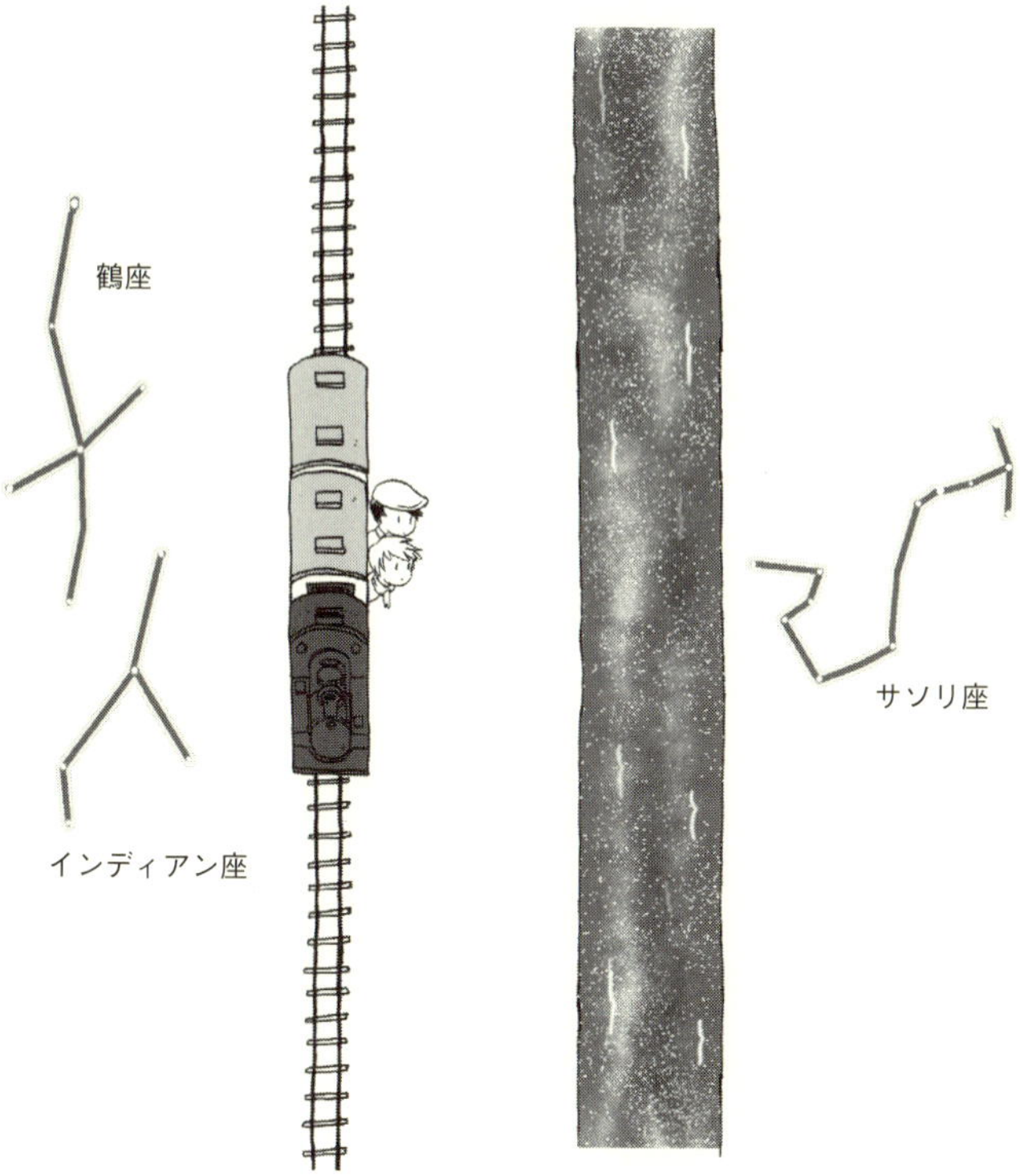

列車から見て天の川の向こう岸にサソリ座があり、反対側の窓にインディアン座、鶴座が見える。これは作品本文の描写と一致する。

りしている。星座によって線路の通る岸を決めているのは、星座イメージに優劣をつけて判断しているのだ。そのなかでも多数派の見解は、サソリ座を重視して線路の位置を決定している。賢治独特の文章をすこし引用しよう。

川の向ふ岸が俄かに赤くなりました。楊《やなぎ》の木や何かもまっ黒にすかし出され見えない天の川の波もときどきちらちら針のやうに赤く光りました。まったく向ふ岸の野原に大きなまっ赤な火が燃されその黒いけむりは高く桔梗いろのつめたそうな天をも焦がしさうでした。ルビーよりも赤くすきとほりリチウムよりもうつくしく酔ったやうになってその火は燃えてゐるのでした。
「あれは何の火だらう。あんなに赤く光る火は何を燃やせばできるんだらう。」ジョバンニが云ひました。
「蠍の火だな。」カムパネルラが又地図と首っ引きして答へました。

（286頁）

ジョバンニはまったくその大きな火の向ふに三つの三角標がちゃうどさそりの腕のやうにこっちに五つの三角標がさそりの尾やかぎのやうにならんでゐるのを見ました。そしてほんたうにそのまっ赤なうつくしいさそりの火は音なくあかるくあかるく燃えたのです。

（288頁）

作品のなかで、星座のかたちをはっきり見せているのはサソリ座だけなのだ。そして、サソリの向きを指定してあるので、軽くあつかうことができないのである。

しかし、本文に「天の川の左の岸」と明記されているのに、なぜ《右岸》を列車が走っているとすることができるのだろう。ここではその説明をしよう。

まず、右岸という言葉は、川を上流から下流にみて右側の岸ということである。川の流れがわかれば、機械的に決まってしまう位置である。これにたいして「左の岸」というのはあいまいである。視点も川の流れも、まったく定義されないことばだ。先にみてきたようにカムパネルラの地図は、しっかりした地図なので、とうぜん北を上にしてみるようにできていた（地図には北を上にするという約束がある。「ポラーノの広場」にそんな場面がある）。そして、この地図を北を上にしてみると、右岸の線路は、天の川よりも左に見えるのである。

賢治はとうぜん、線路の位置を右岸や東側などと解釈の余地のないことばで書くことができたはずだ。しかし多数派の見解は、物語のなかではジョバンニがつかってもおかしくない「左の岸」が使用されている、とみているのである。この解釈によって「左の岸」なのに《右岸》

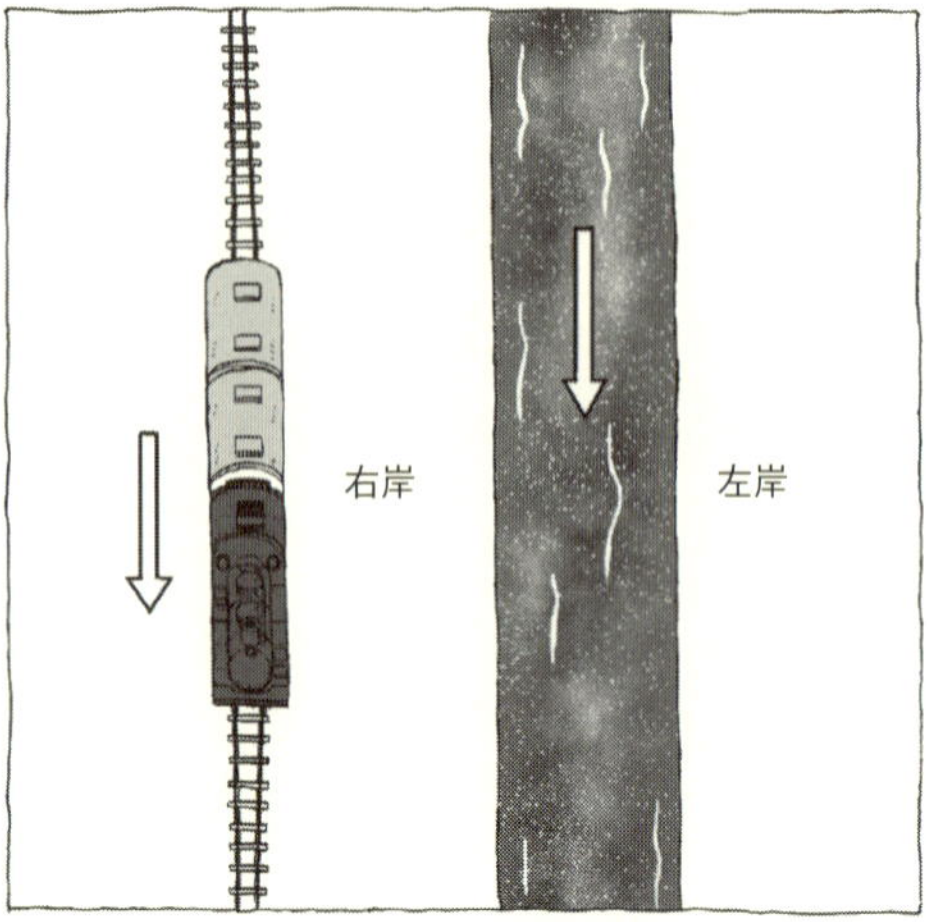

右岸の線路が天の川の左に見える。

という、いっけん奇妙な状態を成り立たせているのである。

では右岸を南下するという線路の位置で問題ないだろうか、ジョバンニの視線を追ってみよう。

ジョバンニとカムパネルラは、窓からずっと天の川をみているので、進行方向左側の席に座っていると考えることができる。まず出てくるのが「ジョバンニが左手をつき出して窓から前の方を見ながら……」という部分だ。左側の席で左手を出すという動作に問題はない。

しかし、すぐに疑問が出てきてしまう。白鳥の停車場でおりた少年たちは、天の川まで歩いたあと川上にある化石発掘現場にむかう。そのときの描写が、次のようになっている。

川上の方を見ると、すすきのいっぱいに生えてゐる崖の下に、白い岩が、まるで運動場のやうに平らに川に沿って出てゐるのでした。そこに小さな五六人の人かげが、何か掘り出すか埋めるかしてゐるらしく、立ったり屈んだり、時々なにかの道具が、ピカッと光ったりしました。

「行ってみよう。」二人は、まるで一度に叫んで、そっちの方へ走りました。

（257頁）

二人は、ぎざぎざの黒いくるみの実を持ちながら、またさっきの方へ近よって行きました。左手の渚には、波がやさしい稲妻のやうに燃えて寄せ、右手の崖には、いちめん銀や貝殻でこさえたやうなすすきの穂がゆれたのです。

（258頁）

川下にむかう列車からは、進行方向の左に天の川がみえていたはずである。しかし、川上を向いても、左手に天の川がある。そんなふしぎなことがおこるはずはない。

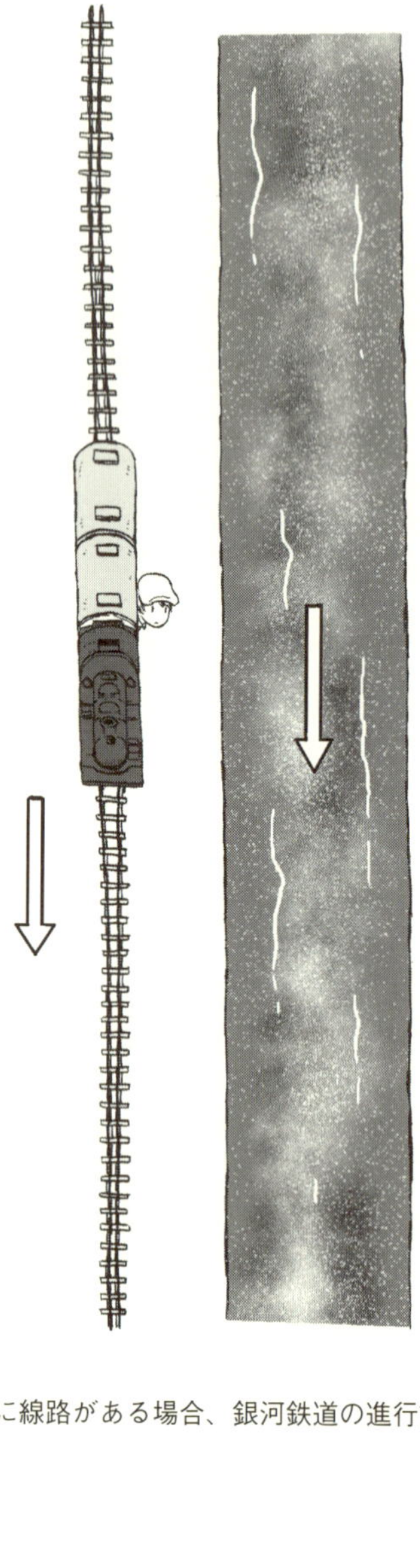

星座早見地図で右岸に線路がある場合、銀河鉄道の進行方向の左に天の川が見える。

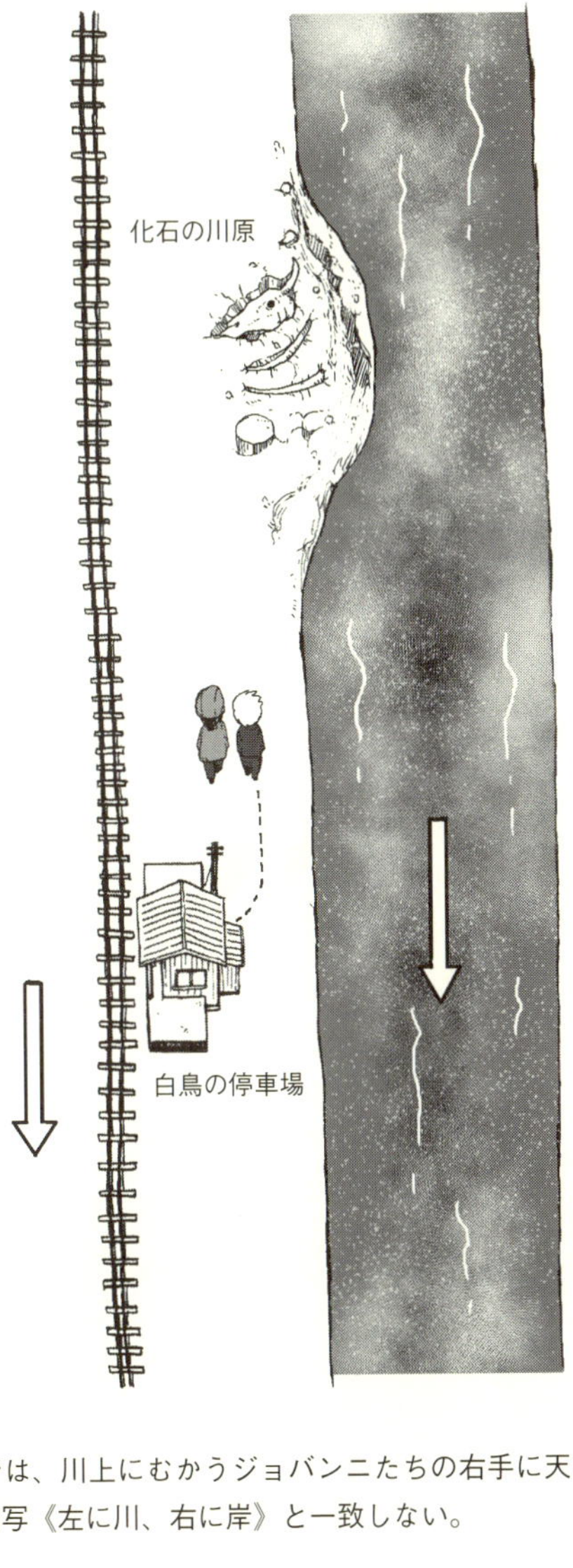

星座早見地図では、川上にむかうジョバンニたちの右手に天の川が見える。
これは本文の描写《左に川、右に岸》と一致しない。

常識的に考えれば、川上と川下をまちがえたか、方向を入れかえたために右と左をとり違えたかであろう。しかし、この風景はジョバンニの夢なのである。ジョバンニが、川上といえば川上のはずだし、右といえば右なのだ。ジョバンニはまちがえようはない。賢治のかん違いか、ブルカニロ博士の記録ミスか。いちいちあげつらうほどのことでもないのかもしれない。

しかし、もう一つの解釈もありえるだろう。ジョバンニはたしかに川上にむかっていたし、賢治も左右をとり違えることはなかった。つまり、この風景の描写は正確なものである、とするのだ。

僕の知るかぎり、この川原の風景を検討した「銀河鉄道の夜」の空間モデルはない。星座早見地図では、化石の川原の描写は成り立たないはずである。しかし、この景色が間違っている、という解釈を読んだことはない。

化石の川原の風景をみる人はいない。誰も検討していないし、判断がおこなわれていないのだ。

ともかく化石の川原の風景は正確であるとして、これ以外の条件といっしょにならべてみよう。川と列車は南に向っている。これは問題ない。《蝎の火》の反対の岸に線路があるという条件も妥当であると思われるので採用する。さらにいま検討してきたように、川上を向いたときに左に川、右に岸。これらは本文に明記されている《本文条件》である。

本文から抜き出した条件を、箇条書きにすると、

①川は北から南に流れる
②列車は北から南に進む
③《蝎の火》の反対の岸に線路がある
④川上を向いたときに、左に川、右に岸

となる。この四つは変更できない。この本文条件を成り立たせるものをみつけられれば、カムパネルラの地図に近づくことができる。

ところで、多数派見解の条件は、

⑤地図は星座早見である
⑥左岸に《蝎の火＝アンタレス》
⑦右岸に線路

となっている。

よく考えてみると多数派見解が提示する、右岸に線路があるという⑦の条件は、⑥の左岸に《蝎の火》があるという条件からみちびかれている。《蝎の火》の位置を決定しているのは、⑤の条件、地図が星座早見だからである。つまり⑦の線路と⑥の《蝎の火》の位置、⑤の星座早見地図は、一つの条件にまとめてしまうことができる。しかし、星座早見地図は、④の川原の

風景《川上を向いたとき左に川、右に岸》を成り立たせることができない。川原の風景を成り立たせれば、星座早見の地図はありえないのだ。

僕たちが、作品本文に書かれた川原の風景をみるためには、《蝎の火》は右岸にあり、銀河鉄道は左岸を走っていなければならない。

この条件を組み立ててみよう。まず星座早見地図のいう右岸の線路を動かしてしまうのは簡単である。本文に「左の岸」と書いてあるのだから、そのまま左岸と読んでしまえばいい。線路を左岸に移したとなれば、《蝎の火》は右岸にあればいい。本文の条件から《蝎の火》は線路の対岸にあればいいからである。

最後にのこるのは地図である。

本当にカムパネルラの地図は星座早見なのか。アンタレスが右岸にある地図は、どこかにないだろうか。これが解決できなければ、賢治が間違っていたことになるではないか。銀河鉄道の宇宙は、右も左も成り立たない空間なのか。

それとも僕たちは、まだ賢治宇宙の本当の姿をさぐりあてていないのだろうか。「銀河鉄道の夜」は、賢治の宇宙形状誌《コスモグラフィ》ではないのだろうか。いやそんなはずはない。まだみつかっていない宇宙幾何学があるはずなのだ。

でも賢治に失策を押しつけるのはやめよう。ジョバンニを責めて泣かせるのもゆるさない。

作品の描写を無視して風景や空間モデルをつくることもない。「銀河鉄道の夜」でえがかれている世界はいい加減なものだったと嘆くこともないのだ。

素直に認めよう。地図は星座早見ではないことを。

手袋を裏返せば、右手の手袋を左手にはめられる。ひとつの操作でアンタレスを右岸に移す手品があるのだ。カムパネルラの地図は、簡単にいうと星座早見の左右を入れかえたものだったのだ。地面をかいた地図の左右を入れかえても、架空の地図ができあがるだけである。しかし、星座早見の左右を入れかえたものには根拠がある。それは天球儀の表面だ。歴史的に星座図は、星座早見のように地上から見上げてえがいたものと、天球儀のように超上方から見下ろしてえがいたものが存在する。天球儀においてつかわれる超遠方、包括的視点は、地図でつかわれる手法とおなじである。

天球儀地図で先の条件を書きかえてみよう。

①川は北から南に流れる
②列車は北から南に進む
③《蝎の火》の反対の岸に線路がある
④川上を向いたときに、左に川、右に岸
⑤地図は天球儀の表面である

⑥右岸に《蝎の火＝アンタレス》
⑦「左の岸」＝左岸に線路

これで本文の条件をそのまま地図にすることができる。すべての条件を満たせるのだ。

カムパネルラの地図は天球儀だったのだ。

カムパネルラの地図をさぐって地図を裏返し、線路を移設してしまった。ということはジョバンニたちの席も、反対側に移さなければならない。少年たちは、進行方向の右側に座っていたのだ。ジョバンニは、右側の席にいて左手を出して前方の風景をみたわけである。すこし不自然とも思えるが、前を向いていれば不可能ではない。

それよりも、三つも方向を指示している川原の風景を、全体と整合させることのほうが益は大きいだろう。この天球儀地図の場合、「左の岸」を右岸と読みかえる必要はない。左の岸はそのまま左岸なのだ。

そして、天球儀地図の場合、銀河鉄道は地上の列車のように正立して走行する。もし地上から鉄道が見えたとしたら、線路や列車の下が見えるはずだ。

しかし星座早見地図の場合は、列車は地上にたいして倒立している。地球からは列車の屋根が見える。星座早見地図の論者は、この倒立した列車や空間を説明しなければならなかった（いちいち書かないが、先の研究者はまじめにこの倒立した空間を組み立てようとした）。でも、

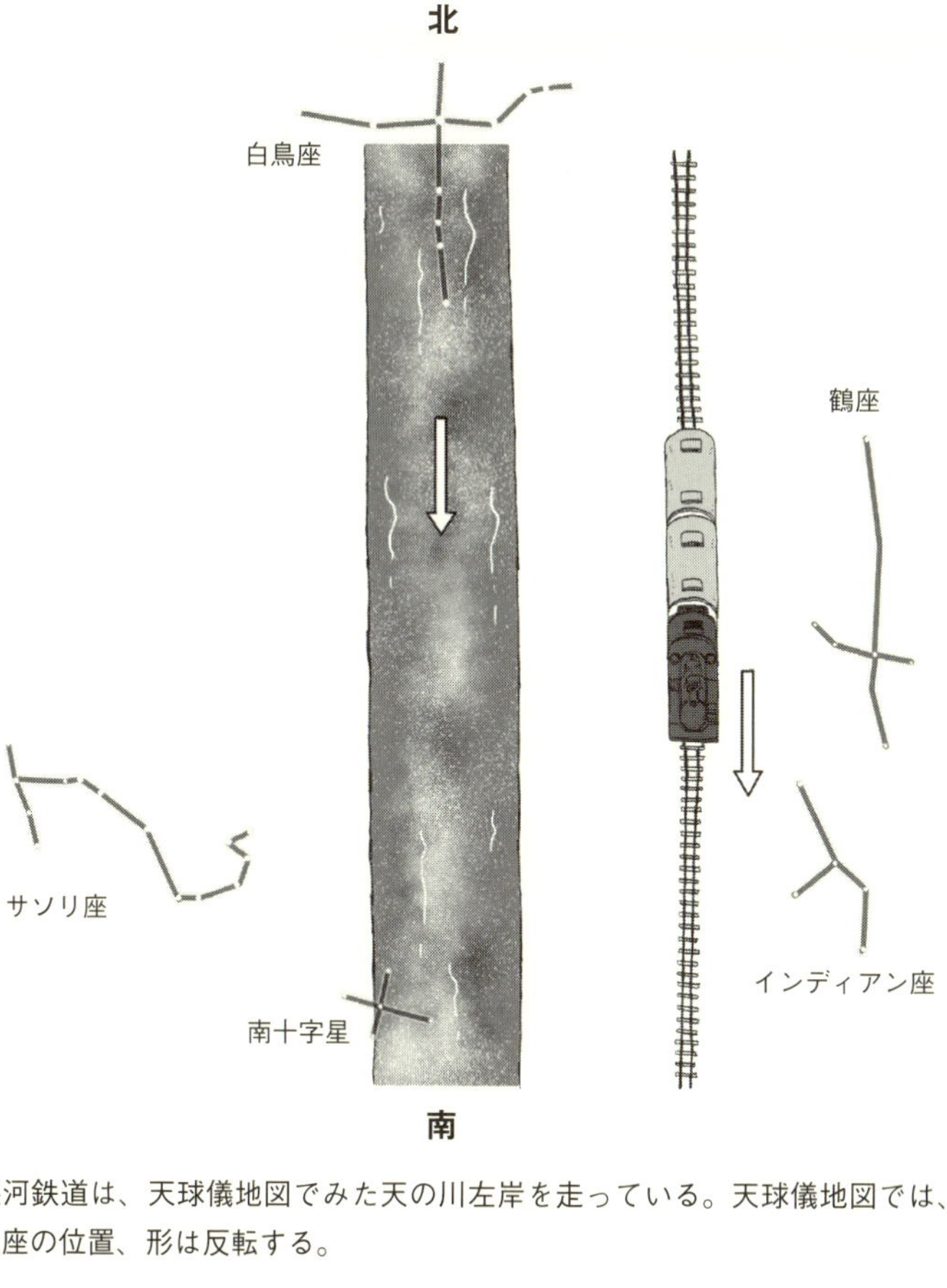

銀河鉄道は、天球儀地図でみた天の川左岸を走っている。天球儀地図では、星座の位置、形は反転する。

それはもう必要ない。

ひとつ問題がある。地上の場面で、天球儀というものが出てこなかったことである。「銀河鉄道の夜」では、地上と銀河世界に、ほぼ対応するものをみつけることができる。地上と銀河は照応しあっているのだ。

カムパネルラの地図が天球儀だとすれば、対応したものが地上のシーンにあると考えていい。しかし授業の星座図や星座早見は、地球からみた夜空をうつしたものであり、これは銀河鉄道沿線とは合わないことが分かった。レンズ状の銀河模型は、宇宙の外側からの視点を示しているが、天球儀そのものではない。表面に反転した星座のイメージがえがかれているとは思えないからだ。

でも、賢治はちゃんとヒントをのこしておいてくれた。それは時計屋の壁にかかる星座絵である。

またそのうしろには三本の脚のついた小さな望遠鏡が黄いろに光って立ってゐましたしいちばんうしろの壁には空ぢゅうの星座をふしぎな獣や蛇や魚や瓶の形に書いた大きな図がかかってゐました。ほんたうにこんなやうな蝎だの勇士だのそらにぎっしり居るだらうか、あゝぼくはその中をどこまでも歩いて見たいと思ってたりしてしばらくぼんやり立って居ました。

（244頁）

星座というものは、西洋ではある時期まで、正面からはえがかなかったのである。つまり地上から見えるようには書かず、天球儀とおなじように、宇宙の外側から見たようにえがいたのである。古風な星座絵が左右反転しているのは、その流儀が生きていた時代のものだからだ。ここでは星座絵の美しさで定評のあるヘベリウス星図が、左右反転したものであることをあげておけばいいだろう。

もうひとつ天球儀地図を具現している箇所をあげよう。それは物語の終盤にあらわれる、川にうつった銀河である。

下流の方は川はゞ一ぱい銀河が巨きく写ってまるで水のないそのまゝのそらのやうに見えました。

（297頁）

さう云ひながら博士はまた川下の銀河のいっぱいにうつった方へじっと眼を送りました。

（298頁）

この星座絵と、川にうつる銀河の情景、そしてレンズ型の銀河模型は、「銀河鉄道の夜」最終稿にしか書かれていない部分である。賢治はさいごになって、空間を読みとくための鍵をのこしていたのだ。

＊

そして、地図モデルの変更について、書いておかなければならないことがある。それは星座早見地図と天球儀地図では、まったく世界が異なるということである。

地図が星座早見であった場合、銀河鉄道が走った場所がどんなに遠くても、そこはジョバンニの町とつながった空間である。つまり宇宙の内側である。しかし、地図が天球儀だとすると、そこはもう地球から見ることができない世界なのだ。簡単にいうと、宇宙の果ての向こう側ということだ。

銀河鉄道の窓のそとにひろがる桔梗いろの空は、宇宙の外側と解釈することができる。宇宙はいま、銀河鉄道のレールの下にある。ジョバンニは宇宙全体を踏んで、世界の地平そのものに立っているのだ。

銀河の外側の地図という途方もないイメージは、賢治のほかの作品でも披露されている。

宇宙がプラネタリウムだったとすると、星座早見地図の場合は銀河鉄道は天井スクリーンを走っている。この場合、地上である観客席から列車を見ることができる。

天球儀地図だった場合は、銀河鉄道はプラネタリウムの丸屋根を走っている。観客席からは建物の外側を走る銀河鉄道を見ることはできない。

「生徒諸君に寄せる」から引用する。

新らしい時代のダーウヰンよ
更に東洋風静観のキャレンヂャーに載って
銀河系空間の外にも至って
更にも透明に深く正しい地史と
増訂された生物学をわれらに示せ

＊

さて、ここまでの結論を一つのモデルにしてみよう。物語にでてきたレンズ状の銀河模型と、カムパネルラの鉄道模型を引っぱり出そう。この二つを組み合わせて銀河鉄道の模型をつくるのだ。

銀河鉄道は、宇宙の外側を走っていた。それはつまり、銀河模型の表面ということだ。そして線路は、天の川に沿って引かれている。天の川は、レンズの中心から円周部方向をながめたところにある。レンズ銀河のうすくなった縁にレールを敷き、鉄道模型を走らせれば、それが銀河鉄道の模型である。

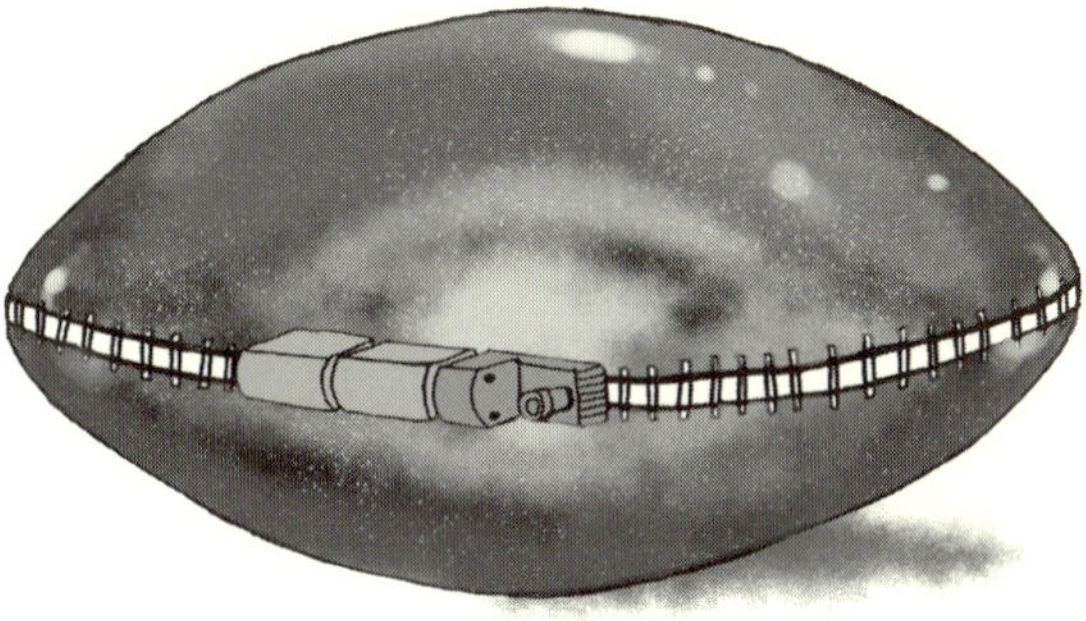

レンズ型の銀河模型の円周部表面を銀河鉄道が走る。

＊

天界の描写というのは、ギリシアの昔から混乱の種だった。プラトンでさえ『法律』『エピノミス』で、天球は左にまわる（北極星を中心に反時計回りにまわること。地上からはこうみえる）と書いたのに、なぜか『ティマイオス』では右にまわると書いているのだ。『ティマイオス』では、天球儀のように宇宙の外側からみてえがいているという解釈があるらしい。

＊

カムパネルラの持っている地図を再現しようとしても難しいことは、先に書いたとおりだ。そのこととは違って、少年たちの住む町の地図（本文には出てこない）を組み立てる試みは、これまで何度かおこなわれてきた。

最初につくられたのは、天沢退二郎のものだ

(『討議「銀河鉄道の夜」とは何か』)。この地図は、ジョバンニが家を出たあとの足取りを追っている。ジョバンニの町の地図として、基本となるものである。

この天沢地図を発展させたものが、ますむら・ひろしの「『銀河鉄道の夜』街絵図」だ。天沢地図をそのなかに取りこんで、学校、活版所、最後の川原まで、ジョバンニの地上での足跡をすべてカバーしている。

新しいものでは寺門和夫がつくったものがある(『「銀河鉄道の夜」フィールド・ノート』)。寺門地図の特徴は、ジョバンニの町が現実の花巻の町を鏡写しにしてつくられているという推理と、最終稿と三次稿から二枚の地図を提示していることである。

三者の地図に共通することがある。それは、ジョバンニの町を走る線路の位置を、誰も示していないことだ。たしかに物語を追っても、線路の位置を町のなかには特定できない。ジョバンニは、地上の駅にいったり、踏切を越えたりしないからだ。現実の場面で列車が走るのは一回だけ、銀河鉄道に乗るまえのジョバンニが遠くの列車を見下ろす場面だけだ。

ジョバンニは町のはづれから遠く黒くひろがった野原を見わたしました。

そこから汽車の音が聞えてきました。その小さな列車の窓は一列小さく赤く見え、その中にはたくさんの旅人が、苹果を剥いたり、わらったり、いろいろな風にしてゐると考へ

ますと、ジョバンニは、もう何とも云へずかなしくなって、また眼をそらに挙げました。（248頁）

ジョバンニが歩いた町のなか、橋のそばには、線路はない。そうすると列車は川の向こう岸か、町のうしろを走っているはずだ。そのどちらかは、まだあきらかになっていない。作品に書いていないことを、無理に決めることはなかったのだろう。

しかし、こうも考えられる。町の横を流れる川は、天の川と対応している。賢治は物語のさいごで、銀河を川にうつしてみせているのである。ならば天の川と銀河鉄道の位置関係を、そのまま地上に移すことができるはずである。

先に考察した天球儀地図に、天沢地図をおいてみる。ぴたりと重なる。町に架かる橋と白鳥座の翼が、ぴったりと一致する。北の十字架は、橋と川がつくる十字にも対応しているのだ。そうであれば、線路の位置はどこにあるか分かる。

銀河鉄道は、天の川の左岸にあった。地上の線路も、川の左岸になければならない。線路はジョバンニの町の側にある。列車は町のうしろを通り、町をぬけてから川に接近するのだ。

しかし、カムパネルラの銀河鉄道の地図と、地上の地図を重ねてみたのは、僕がはじめてではないだろう。物語において、地上の川と天の川が対応関係にあるのは明白なのに、なぜ星座

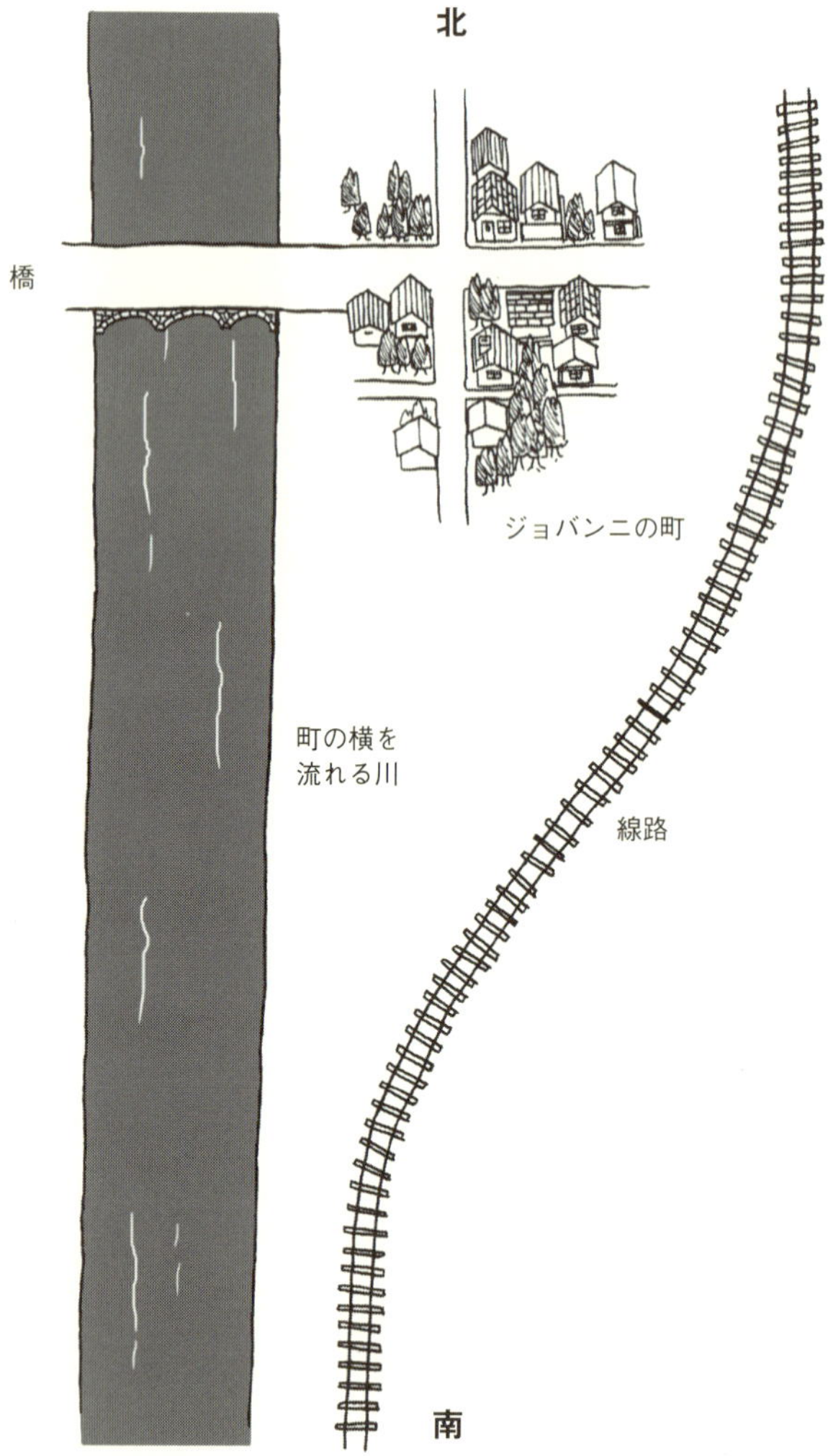

町の橋とジョバンニの町、そして線路。銀河鉄道が天の川の左岸を走るように、地上の列車も川の左岸を走る。

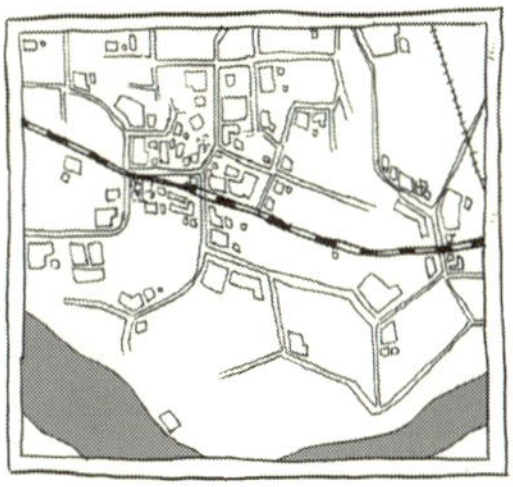

地図

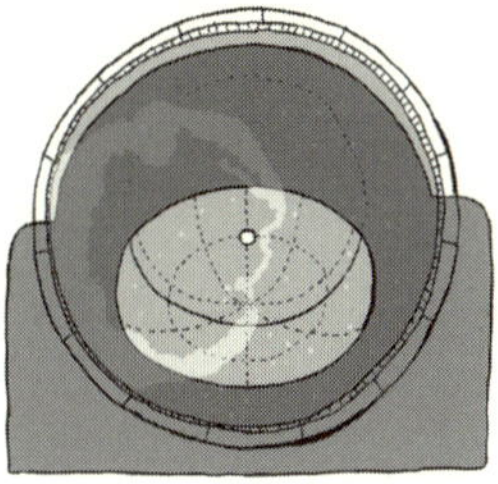

星座早見

星座早見と地図は、ならべても東西が合わない。この二枚を重ねて考えることはできない。

早見地図派は地上の線路を決定しなかったのだろう。星座早見と町の地図を重ねてみよう、すると線路は川の向こう岸にあるようにみえる。しかし、星座早見は見上げて、地図は見下ろして使用するため、この二つをならべても東西があわない。つまり星座早見と地図をあわせても、東西の向きが反対になった二枚の紙が重なっているだけなので、東西を合わせる理屈が必要となってしまう。この矛盾があるために、先の地図作成者たちは町の地図に線路を引けないのである。

　天球儀地図を採用すると、銀河鉄道の地図と町の地図を重ねることができる。そして重ねあわせることで、新しい展開をみることができる。この地図をもうすこしみてみよう。

　少年たちをのせた銀河鉄道は、北の十字架のすぐ横を通りながら、その前では停車せず、すこし川下にある白鳥の停車場まで行ってとまる。これは地上の橋のそばに、駅の描写がないことと一致する。そして白鳥の停車場でおりた二人は、川原で化石発掘を見学する。この川原は、物語の終盤、カムパネルラ捜索のために人々があつまった川原と対応している。

この二つの川原を整理すると、川上から北の十字架（町の橋）、化石の川原（捜索の川原）、白鳥の停車場（地上の駅の描写はない）となる。つまり、銀河鉄道沿線とジョバンニの町の地形には、相似性があると考えられるのだ。

銀河の川原と地上の川原が対応している。そうであれば、つぎのような類似を二つの川原に見つけることができる。

一つめが、川原の地形である。化石の川原、捜索の川原は、どちらも広い川原としてえがかれている。化石の川原は運動場のようにひろく、捜索の川原は洲のようになった場所とされている。

二つめに、化石発掘を指揮している大学士と、博士であるカムパネルラの父とを対応させることができる。この二人は、川原で行われている化石発掘と少年捜索について、指示を出すことができる人間である。大学士は、自分の助手に命令している。カムパネルラの父は、彼のことばを待つ学生や町の人にかこまれている。

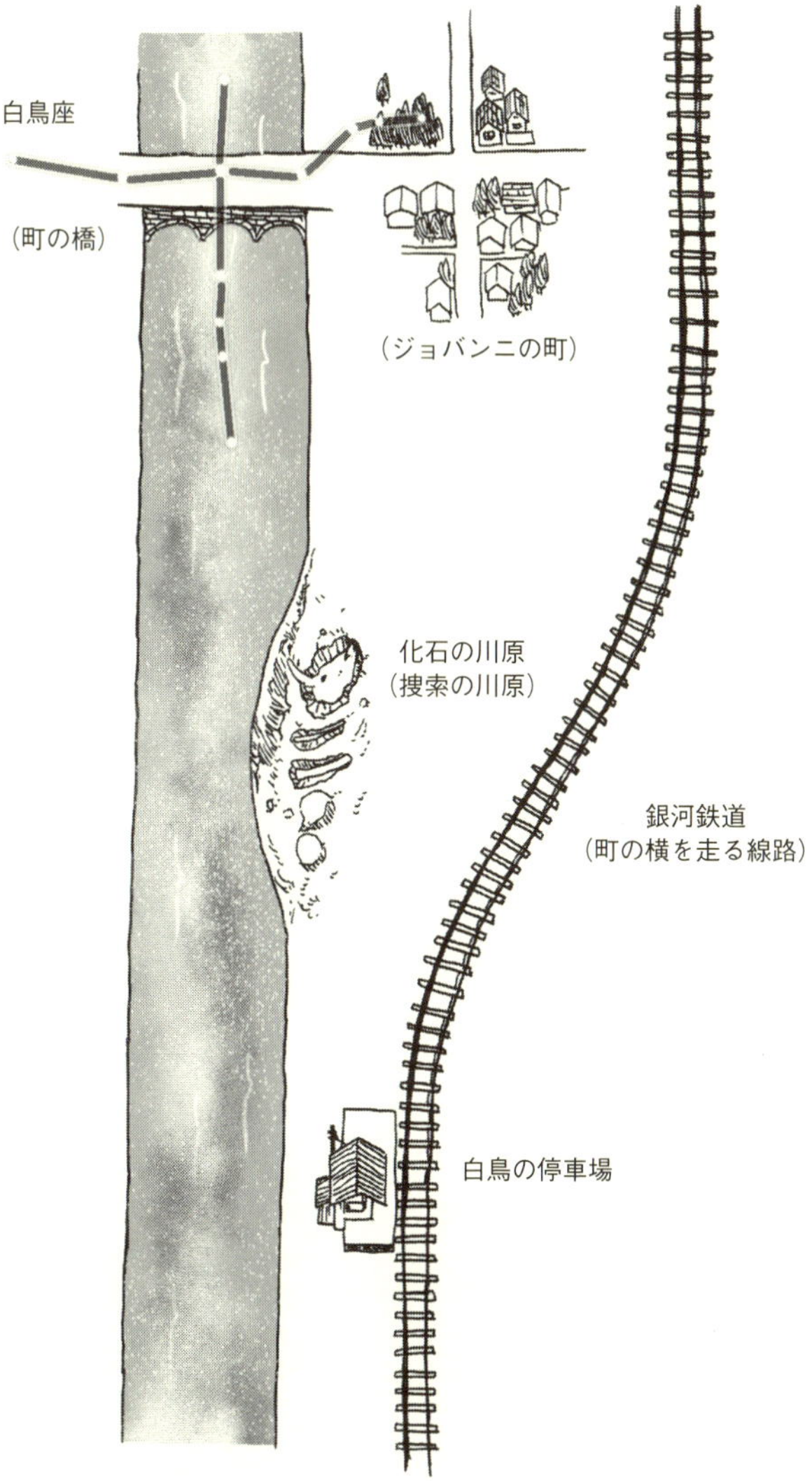

ジョバンニの町の地形と銀河世界の地形には相似性がある。

三つめが、カムパネルラと父の時計である。この二人は時計をもっている。そして、二人の時計は、どちらも時間切れを告げるのである。少年の腕時計は銀河鉄道の発車が近づいていることを、父の懐中時計は捜索の時間切れを。

最後の一つが、ジョバンニの行動である、ジョバンニは、この二つの川原に走ってやってきて、走って去る。一回目はカムパネルラと白鳥の停車場へ、二回目は牛乳をもって町へ、そして母のもとへ。

そして銀河世界のボスの化石の意味も、はっきりするだろう。化石はカムパネルラの運命、あるいは彼の死そのものを、この時点であらわしている。

もう一歩踏みこんで川原のシーンを読んでみよう。ジョバンニが捜索の川原について、川をみている場面である。

みんなもじっと河を見てゐました。誰も一言も物を云ふ人もありませんでした。ジョバンニはわくわくわくわく足がふるへました。魚をとるときのアセチレンランプがたくさんせはしく行ったり来たりして黒い川の水はちらちら小さな波をたてて流れてゐるのが見えるのでした。

下流の方は川はゞ一ぱい銀河が巨きく写ってまるで水のないそのまゝのそらのやうに見

えました。

ジョバンニはそのカムパネルラはもうあの銀河のはづれにしかゐないといふやうな気がしてしかたなかったのです。

けれどもみんなはまだ、どこかの波の間から、

「ぼくずゐぶん泳いだぞ。」と云ひながらカムパネルラが出て来るか或いはカムパネルラがどこかの人の知らない洲にでも着いて立ってゐて誰かの来るのを待ってゐるかといふやうな気がして仕方ないらしいのでした。けれども俄かにカムパネルラのお父さんがきっぱり云ひました。

「もう駄目です。落ちてから四十五分たちましたから。」

（297頁）

ジョバンニと町のみんなの心情、そしてカムパネルラの父の決断が交錯する情景である。このうち、ジョバンニの気持ちは、読者に分かりやすいものである。それまでの過程は細かく書かれてきたのだ。しかし、そのあとの文章、描写はふしぎなものだ。町のみんなの気持ちは、いったい誰が語っているのか。カムパネルラの父の言う「四十五分」に、どんな意味があるのか。

まず、町のみんなの気持ちから考えてみよう。これは、先ほどみた夢と、川原でおこっていることの意味を一致させて動揺しているジョバンニの視点ではありえない。まわりの人たちのことばではない。そこでは誰も声を出していないのだ。みんなの願いともすこしちがう。町の人たちは、カムパネルラを近くにいるはずのものとして感じている。

この部分の語り手は、宮沢賢治その人だろう。賢治は川原をみわたせる場所で、風景の四次構造をみている。地上の川原と銀河の川原を重ねあわせた、二重の風景を組み立てているのだ。賢治は、化石の川原で大学士に地層が風にかわってしまうことを語らせた。その言葉どおり、捜索の川原ではボスの化石も、カムパネルラもみつからない。

しかし、町のみんなは、別の空間を感じとる四次感覚とでもいうべきもので、風や空や水になってしまったカムパネルラを身近に感じているのだ。

しかし、ジョバンニは銀河鉄道での別れをひきづり、川原にカムパネルラを感じることはできない。ジョバンニは「カムパネルラはもうあの銀河のはづれにしかゐない」ことを知っているからだ。

そして、カムパネルラの父もまた、別のことを感じたのだ。カムパネルラの父のいう「四十五分」に、どんな意味があるのか考えてみよう。カムパネルラの父の言葉を聞いた読者はこう思うだろう、それはあまりにも短い時間での捜索打ち切りではないのか、なぜ一時間などのキりのいい数字ではないのか、と。

賢治の狙いはここにあるのだ。読者に考えさせるために「四十五分」という数字を持ちだしている。捜索の打ち切りには、べつの理由があるのだ。博士が中断を決断するとき、川原でなにがあったのか。それはジョバンニの川原への到着である。ジョバンニが川原につき、カムパネルラの父に近づいていくという行為だ。つまり捜索の打ち切りは、ジョバンニの川原への到着が直接的なきっかけなのだ。カムパネルラの行方を知っているジョバンニが川原についたことで博士は何かを感じて、息子の捜索はこれ以上は無駄だと判断する。そして打ち切りを宣言した。ジョバンニは、たまたま博士の決断に立ち会ったわけではない。

四十五分という時間での捜索中止は、川原で捜索を行っている人たちを説得でき、また、作品「銀河鉄道の夜」を読む人にとっては疑問ののこるものでなければならなかった。賢治は作品に疑問の表現をのこすことにより、読みとくべき作品の空間構造――銀河と地上、両方の空間が二重になって読者のまえにひろがっていること――を暗示しているのである。

そして、この構図をつくることにより、賢治は四次感覚が自分だけのものではなく、町のみんなにも、ひいては誰もが持っているものとして位置づけている。

また、僕はこうも考えている。捜索の川原の風景のほうが、銀河鉄道の世界よりも賢治の感じていた《四次》の構造やリアリティをうまく表現しているのではないのだろうか、と。捜索の川原には、もうひとつの世界――第四次延長――が顔をのぞかせている。

賢治は「銀河鉄道の夜」のなかで、《不完全な幻想第四次》にならべて《完全な現実のなかにある第四次》をえがきだしたといえるのではないか。

＊

地図がちがうとか、視点が上なのか下なのか、右岸左岸？　読む人をとまどわせてしまったかもしれない。星座早見を持ちださずに説明すれば、話は早かったかもしれない。しかし賢治は、カムパネルラの地図が星座早見であるかのように誤読をさそっている。この章は、星座早見を通過せずにはすすめられなかったのだ。それでも混乱の半分は、僕の責任だろう。しかし、のこりの半分は宮沢賢治の責任だ。賢治は方向感覚のない作家ではない。むしろ方向感覚、空間意識のするどい書き手であった。

童話「どんぐりと山猫」で、山猫の居場所をたずねる主人公の一郎に、森の住人たちは東だ、西だ、南だ、とめいめい勝手に答える。いちばん知られた作品である「雨ニモマケズ」でも、ちゃんとデクノボーは四方に足を運ぶではないか。賢治は、方角を書くことや、四方に歩いていくこと、東西南北になにかを配置するのが好きなのだ。

しかし、二つの空間がならぶ「銀河鉄道の夜」では、方角は南北しかつかわず、それ以外は左右でしか指示しない。それもほんの少ししかつかっていない。

賢治は「銀河鉄道の夜」の空間を、すぐには読みとけないようにしたのだろう。この作品の過剰ともおもえる風景の描写にたいして、方向を指示することばの少なさはあきらかだ。賢治は、宝石箱のような銀河鉄道の風景のなかに、自分のコスモグラフィをかくしてしまっているのである。

＊

カムパネルラの黒い地図は、星座早見の、みごとな宝石貼りの裏面だった。この地図をもういちど裏返してみよう。印刷された星座図だろうか。いや、もうイカサマはしこんである。そこにひろがるのはツェラ高原の過冷却の夜空だ。

いつの間にかすっかり夜になってそらはまるですきとほってゐました。素敵に灼《や》きをかけられてよく研かれた鋼鉄製の天の野原に銀河の水は音なく流れ、鋼玉の小砂利も光り岸の砂も一つぶづつ数へられたのです。

又その桔梗いろのつめたい天盤には金剛石の劈開片《へきかいへん》や青宝玉の尖った粒やあるいはまるでけむりの草のたねほどの黄水晶のかけらまでごく精巧のピンセットできちんとひろはれきれいにちりばめられそれはめいめい勝手に呼吸し勝手にぷりぷりふるへました。

私は又足もとの砂を見ましたらその砂粒の中にも黄いろや青や小さな火がちらちらま

たゝいてゐるのでした。恐らくはそのツェラ高原の過冷却湖畔も天の銀河の一部と思はれました。

宮沢賢治『インドラの網』

僕たちは、しばらく宮沢賢治の手品につきあうしかないのだ。

ひろげた鷲のつばさ

銀河鉄道の駅、停車場には、あつかいや描写に差があることは誰でも気がつく。そして、あつかいの軽重と描写の多寡はアンバランスである。たとえば銀河ステーションは、立派な駅名、ジョバンニたちの乗車駅として特別だが、描写はされていない。あつかいと描写がバランスしているのは、白鳥の停車場とサウザンクロス駅であろう。

いちばんアンバランスさが出ているのが、のこりの二つの停車場である。第二時にとまる小さな停車場には、列車はちゃんととまるし、まわりの描写もある。しかし固有の駅名はあきらかにされない。

かわって鷲の停車場は駅名をもっているが、描写はない。最終稿を読んでも、この停車場に列車はとまったのか、ほんとうに停車場はあったのか分からない。

いつ鷲の停車場にとまるのか。そんな疑問がおこるのはとうぜんだろう。この駅については、鳥捕りがいなくなる直前に、カムパネルラが「もうぢき鷲の停車場だよ。」といったきりそのあとの記述はないのだ。いや、そんなはずはない、とページをめくってめくって、やっと二次稿のなかにこんな会話をみつける。


「いまどの辺あるいてるの。」ジョバンニがききました。

「こゝだよ。」カムパネルラは鷲の停車場の少し南を指さしました。

「鷲の停車場もう過ぎたの。」

「過ぎた。さっきあの人が船のはなししてゐた時だ。」

（二次稿　484頁）

＊

家庭教師が船の沈没のことをはなしていたとき、鷲の停車場に到着したか、通りすぎたのだ。

「銀河鉄道の夜」は、改稿がすすむと細部が整理され、削除されていく部分もおおい。しかしそのなかで鳥の押し葉については、さいごまで鷺と雁の二種類のままである。僕は「ジョバンニの銀河」の章でこのエピソードの重要性を指摘したが、それは二種類の鳥を必要とするものではなかった。やりくりすれば鷺か雁のどちらかにまとめることは可能なのだ。とくに鷺は、水銀がぬけていないという理由で食べられないのだし。

しかし鳥の押し葉には、二つの種類が必要なのだ。どちらかにまとめてしまうことはできなかった。それはこの鳥たちが、あるものと対応しあっているからである。それは、北の十字架と南の十字架である。

北の十字架ではこういう連想である。鷺―白い鳥―白鳥―白鳥座―北の十字（白鳥座の異名）―北の十字架というものだ。賢治は、途中をはぶいてこう書いている。

「ほんたうに鷺だねえ。」二人は思はず叫びました。まっ白な、あのさっきの北の十字架のやうに光る鷺のからだが、十ばかり、少しひらべったくなって、黒い脚をちぢめて、浮彫のやうにならんでゐたのです。（262頁）

賢治が、ていねいに十の字を、二回重ねてつかっていることが分かる。もうすこし北の十字架と鷺の描写をみてみよう。

俄かに、車のなかが、ぱっと白く明るくなりました。見ると、もうじつに、金剛石や草の露やあらゆる立派さをあつめたやうな、きらびやかな銀河の河床の上を水は声もなくかたちもなく流れ、その流れのまん中に、ぼうっと青白く後光の射した一つの島が見えるのでした。その島の平らないただきに、立派な眼もさめるやうな、白い十字架がたって、それはもう凍った北極の雲で鋳たといったらいゝか、すきっとした金いろの円光をいただいて、しずかに永久に立ってゐるのでした。

（254頁）

……がらんとした桔梗いろの空から、さっき見たやうな鷺が、まるで雪の降るやうに、ぎゃあぎゃあ叫びながら、いっぱいに舞ひおりて来ました。

ところが、つかまへられる鳥よりは、つかまへられないで無事に天の川の砂の上に降りるものの方が多かったのです。それは見てゐると、足が砂へつくや否や、まるで雪の融けるやうに、縮まって扁べったくなって……

（265頁）

十字架を凍った雲、鷺を雪として、どちらも水の凍ったものとして形容している。賢治はここで、北極の凍った雲から雪が降ってきて地面でとけるという、ひと続きのイメージをつくって、十字架と鷺をむすびつけている。

つづいて雁と南の十字架をみてみよう。

鳥捕りは、また別の方の包みを解きました。すると黄と青じろとまだらになって、なにかのあかりのやうにひかる雁が、ちゃうどさっきの鷺のやうに、くちばしを揃へて、少し扁べったくなって、ならんでゐました。

（263頁）

あゝそのときでした。見えない天の川のずうっと川下に青や橙やもうあらゆる光でちりばめられた十字架がまるで一本の木といふ風に川の中から立ってかゞやきその上には青じろい雲がまるい環になって後光のやうにかかってゐるのでした。

（290頁）

雁によって、もう一つ十字架が出てくること、その十字架がさまざまな光で彩られていることが予告されている。

そして、ここから僕はもう一つの十字架を幻視する。それは家庭教師が銀河鉄道に乗りこんです発したことば「……ごらんなさい。あのしるしは天上のしるしです。……」から、鷲の停車場のそばにも、同じような十字架があったと推測できる。この《天上のしるし》は、ジョバンニたちによって確認されていないが、十字架であることはまちがいないだろう。それは鷲座のかたちが、十字にちかいことからも裏付けできる。

＊

星座絵をみていると、夜空にはおおくの鳥がいることがわかる。鳥の名をもつ星座のほかに、琴座は、鷲が琴をかかえこむようにえがかれているものもある。小狐座はガチョウをくわえている。そのなかで、翼の先までのばしたかたちでえがかれるのが、白鳥座であり鷲座、そして鳩座である。

賢治は、鷲座のかたちを生かしたかったのだろう。しかし、それでは十字架ばかりになってしまうし、北と南に十字架を配する対称性がみえなくなる。それをきらって家庭教師に言わせるだけにしたのだ。そして僕の推測は、鷲の停車場が立派な名前をもちながら、まるで描写のないことの説明にもなるだろう。

銀河鉄道の形態学を追加しよう。鳥はいつでも十字架である、と。

Ⅲ　そらの野原

この章では、銀河鉄道と地上の関係を考えてみよう。

「カムパネルラの地図」の章で、ジョバンニの町と銀河鉄道の世界の地形の一致をみた。二つの空間は、どのような位置関係にあるのだろう。それとも夢は、夢でしかないのだろうか。しかし、この作品における夢と現実の緊密なつながりから、ジョバンニの町と銀河鉄道沿線のあいだをつなぐ原理がある、と考えてもいいはずだ。空間構成から地上と銀河鉄道を結びつけられれば、もういちどつよく、夢と現実をつなぎ合わせることができる。そして、それができれば、先の二章で展開した説を補強できるかもしれない。

「ジョバンニの銀河」の章で平面銀河という地面を想定し、「カムパネルラの地図」の章でそこが銀河の外側だとした。ならばジョバンニと銀河鉄道は、どうやって星々でできた地面をとおりこし、宇宙の外側に達したのだろうか。

「銀河鉄道の夜」を取りあげた幾多の文章を読むと、いつの間にか銀河鉄道は天高い銀河にまで到達しているかのようである。あるいは、どうすれば本文の描写からジョバンニを天の川まで行かせることができるのか苦労している。どの時点で、ジョバンニは銀河に飛び出すのか。その描写は作品のどこにあるのだろうか。しかし作品のどの稿、どの部分を読んでも、列車が空高くのぼっていく様子をえがいた部分はみつけられない。

だけれども「よだかの星」でよだかの必死の飛翔を、「双子の星」では星が天から落ち、天にかえる様子を、あるいは「雁の童子」の悲痛な墜落をきちんと書いた賢治が、銀河鉄道の上昇をケチってえがかなかったとはとうてい思えない。賢治なら、たった一行で列車を宙に浮かせることができただろう。しかし、その文章は僕たちの前にはない。そして作品のなかにそれがはさまる余裕があるとも思えない。賢治は、まったく別の方法で銀河鉄道を走らせているのである。

みるべきはジョバンニが眠りにおち、銀河鉄道に乗るまでの過程だろう。ここで夢と現実、地上と銀河世界が接している。さらに三次稿と最終稿を読みくらべることもできる。二つの本文を読みくらべることで、賢治の軌跡がみえてくるだろう。そこにはうつくしい設計図があるはずだ。銀河と地上、夢と現《うつつ》はどんな原理で接続されているのだろう。

＊

ではジョバンニが列車に乗るまでを、本文で追ってみよう。はじめに整理された最終稿にあたり、そのあと三次稿をみることにする。

まず、銀河鉄道の旅は夢のなかのできごとなのだから、ジョバンニがいつ眠り、いつ夢をみはじめるのか、夢と現を分けなければならない。ここでは「天気輪の柱」の章の終わりまでが目覚めている時間、「銀河ステーション」の章のはじまりからを夢の時間とする。

「天気輪の柱」のさいごで、ジョバンニが星の光の変形をみたり、町の灯りを星の集まりとおもったりするのは、入眠直前と考えて無理はない。たいして「銀河ステーション」のはじまりで、光り輝く三角標が出現するのは、すでに夢のなかであると考えられる。

つぎに、夢のなかでのジョバンニの位置をみてみよう。本文はジョバンニを追って書かれているのだ。最終稿では、夢のはじまりでのジョバンニの位置はあきらかである。「銀河ステーション」の章の冒頭に「そしてジョバンニはすぐうしろの天気輪の柱が……」と書いてある。眠りにおちた場所である、天気輪の柱のある丘の上から、夢がはじまっている。つまり現実から夢へと状況はかわったのだが、場所はかわっておらず、そのままジョバンニは天気輪の丘のうえにいるのだ。

つづけて三角標の出現シーンをみてみよう。三角標はどこに、どのようにあらわれたのだろう。このシーンをもう一度みてみよう。

そしてジョバンニはすぐうしろの天気輪の柱がいつかぼんやりした三角標の形になって、しばらく螢のやうに、ぺかぺか消えたりともったりしてゐるのを見ました。それはだんだんはっきりして、たうとうりんとうごかないやうになり、濃い鋼青のそらの野原にたちました。いま新しく灼《や》いたばかりの青い鋼の板のやうな、そらの野原に、まっすぐにすきっと立ったのです。

（248－9頁）

最初にあらわれた三角標は、天気輪の柱が変形したものだった。つまりジョバンニの寝ころがる地面に、三角標は出現した。しかしふしぎなことに、賢治は三角標の立った地面を《そらの野原》と言いかえている。天気輪の丘は《そらの野原》とされてしまったのだ。

《そらの野原》とはなんだろうか。このイメージを本文の前後で探してみると、それが前章「天気輪の柱」で、ていねいに準備されたものであることがわかる。すこし前にもどってみよう。町の十字路で、カムパネルラ一行と会ったジョバンニは、ここで三たびザネリにひやかされる。いたたまれなくなったジョバンニはその場をはなれ、牧場を通りすぎ、天気輪の丘へ向かう。

「天気輪の柱」の章は、丘を登るところからはじまる。丘の風景をみてみよう。まず、この丘は「黒い丘」「ゆるい丘になって、その黒い平らな頂上」とされる。そして丘をのぼる道は、「そのまっ黒な、松や楢の林」となり、ジョバンニは頂上から、「町のはづれから遠く黒くひろがった野原」をみわたす。丘や野原が、景色のなかで一番暗い部分とされ、そこを現実の汽車が走っていく。

さらに丘の下の町あかりは、章の中ごろでは「海の底のお宮のけしき」と、丘と町の上下関係をたもっているが、章の終わりでは「眼の下のまちまでがやっぱりぼんやりしたたくさんの星の集りか一つの大きなけむりかのやうに」と天地の感覚をあやうくしている。そして上空の銀河をみて「そこは小さな林や牧場やらある野原」とし、琴の星の光を地上に生えるキノコのように変化させるのである。

賢治は、丘とそのまわりの風景を描写しながら、空と地を反転、あるいは一致させる作業を、まるまる一章つかっておこなっている。そして空と地を一つにしたイメージが《そらの野原》になるのだ。

吉本隆明は『宮沢賢治の世界』で、この天気輪の丘の描写について、風景を反転させて舞台装置を用意していると語っている。さらにその反転は、遠くを走る汽車と、それをながめながら車内の様子を考えているジョバンニの位置を入れかえるための伏線としても機能していることを指摘している。

よくみれば、丘を登る道には「ぴかぴか青びかりを出す小さな虫」が登場している。賢治は世界変換の予告をちゃんとおこなっているのである。

「銀河鉄道の夜」最終稿では、三角標が《そらの野原》に立った直後に「銀河ステーション」の声がきこえ、ジョバンニは蛍烏賊とダイヤモンドの光につつまれる。いまになれば、この光がどこに落ち着いたのか理解できる。蛍烏賊の光は「そら中に沈め」られた。ダイヤモンドは地面に落ちる。このふしぎな二重表現は、光の行き先《そらの野原》の二つの性格――空と地――をあらわすものだったのだ。

そしてジョバンニは気がつくと列車に乗っていて、カムパネルラと再会し、こう言うのだ。

「ぼくはもう、すっかり天の野原に来た。」（252頁）

＊

整理された最終稿にくらべて、三次稿はこまかい描写も多く、文章も長い。そして構成もちがう。

ここでも、まず夢のなかのジョバンニの位置をみてみよう。最終稿においてはジョバンニの位置はすぐに、そして正確に特定することができた。しかし、三次稿ではそうはいかない。なにしろジョバンニの位置を特定する手がかりは、とおい空にある琴の星なのだ。目覚めていた「天気輪の柱」の章の終わりで、ジョバンニは琴の星をみていた。夢のなかの「銀河ステーション」の最初でも、おなじようにジョバンニは琴の星をみている。この連続性から、夢のなかのジョバンニは天気輪の丘にいるのだ、と推測するしかない。

次に、三角標の出現の方法と位置をみよう。三次稿では、空にある琴の星が三角標に変化し《そらの野原》に立つ。つまり、三角標と《そらの野原》は出現時には上空にあって、ジョバンニの地面とは別の場所である。そのあと「銀河ステーション」の声がきこえ、蛍烏賊とダイヤモンドの光があふれ、ジョバンニのいる野原に多数の三角標が立つ。そしてジョバンニはこうつぶやく。

「ぼくはもう、すっかり天の野原に来た。」ジョバンニは呟きました。「けれども僕は、ずうっと前から、ここでねむってゐたのではなかったらうか。ぼくは決して、こんな野原を歩いて来たのではない。途中のことを考へ出さうとしても、なんにもないんだから。」

（三次稿　512頁）

三次稿では、このひとりごとのあとに、ジョバンニはやっと銀河鉄道の車内に入れるのである。そして、つぶやきから分かることは、列車に乗る直前にはジョバンニのいる地面と《そらの野原》が一致していることである。つぎに夢のなかでのジョバンニの位置が、眠りにおちた天気輪の丘であることが示唆される。そしてさいごに、ジョバンニはすこしも歩かずに《そらの野原》に立っていることが分かるのだ。ジョバンニは動かないで《そらの野原》に立ったのだから、《そらの野原》が移動してきたのだろう。いつ《そらの野原》はおりてきたのか。考えやすいのは蛍烏賊とダイヤモンドの光の部分だ。

三次稿は、ジョバンニの入眠から列車に乗るまでの空間描写に不明確なところがある。夢のはじまりでのジョバンニの位置、どこに《そらの野原》が出現したのか、いつ《そらの野原》とジョバンニの地面が一致するのかが、分かりづらい。このあいまいさは、賢治にも理解されていたのだろう。だからジョバンニに「野原を歩いて来たのではない」云々といわせてツジツマを合わせなければならなかった。最終稿で構成をかえたのもそれが原因だろう。

＊

ここまで三次稿と最終稿の、夢の導入部をみてきた。ここで、三角標の立った《そらの野原》と、ジョバンニの言う《天の野原》が別のもの、ちがう場所ではないかという疑問もありえるだろう。

この問いには、二つの野原はおなじ場所であると答えることができる。それは《そらの野原》という言葉が、ずっとあとでもう一度つかわれるからだ。列車が高原に入ったところに「美しいそらの野原の地平線のはてまで」（最終稿281頁、すべての初期稿）と書いてある。つまり銀河鉄道沿線はすべて《そらの野原》だと言うことができる。《天の野原》は《そらの野原》の言いかえなのだ。

そして《そらの野原》を検討してみると、このことばがおおくの類語やイメージのもととなっていることがわかる。まず、類語としては《空のすすき》《空の工兵大隊》《そらの孔》がある。空と大地にあるものを直接むすびつけたことばだ。これらの原形になっているのは、もちろん《天の川》である。

そして同じイメージのなかには《天気輪の柱》《空や風にかわってしまう地層》をあげることができる。天気輪の柱は《そらの野原》を呼びだすための装置でもあろう。そして《そらの野原》ということばの最大のヴァリアントが《銀河鉄道》なのである。

現実の空間を銀河鉄道宇宙に接続する、あるいは変換する役割を《そらの野原》が担っている。目立たないが、《天の川》と同じ地位をあたえられて、銀河鉄道を成り立たせている。《天の川》と対等であることをしめすために、一回だけ《天の野原》がつかわれているのだ。

銀河鉄道の走っている場所は《そらの野原》だった。そこは最終稿では、黒い丘が直接かわった場所だった。三次稿では、黒い丘にいたジョバンニが一歩も動かずに立った場所だった。つまり《そらの野原》は、黒い丘とおなじ大地のうえだった。銀河鉄道は地上を走行したのである。

ここでジョバンニのことばを引用する。銀河鉄道に乗りこんだあと、カムパネルラが自分の母について語ることばにつられて、思ったことである。

（あゝ、さうだ。ぼくのおっかさんは、あの遠い一つのちりのやうに見える橙いろの三角標のあたりにいらっしゃって、いまぼくのことを考へてゐるんだった。）

（253頁）

銀河鉄道のまわりには天の川があり、さまざまな星座のイメジャリーがある。そのおなじ大地のうえに、ジョバンニの母もいるのだ。この地面をつくりあげるには、地上に星を降らせるという想像力が、いちばん単純で正確である。その宇宙変換の方法は、幾何学の投影、つまり次元変換である。

結論はかんたんなものになった。銀河鉄道の線路は、ジョバンニの足元に敷設されたのだ。少年や列車が空高くのぼったのではなく、銀河が地表にふってきたのだ。

＊

銀河鉄道が地上を走ったなんて、絶対に信じない人もいるだろう。僕の結論を拒否する人だっているだろう。しかし銀河鉄道が地上を走ったのではないかと考える人は、以前からいた。以下の引用は、必ずしも地上を走ったと明言しているわけではないが、僕を勇気づけてくれる意見である。

> 第四次空間は彼岸と此岸、此岸と彼岸を流れる銀河の川であり、谷も空も河原も沿線上の風景なのだ。星雲は空の波、海の白波、夜の露。宝石箱の蝎、鯨、白鳥、大熊、小熊。夜空は森、小川、砂丘、丘、崖、海、乙女、狩人、英雄らが共棲するこの地上なのだ。
>
> 中村文昭『「銀河鉄道の夜」と夜』

> それは結局、この世のそのままの中に不思議があるので、ただ不思議だけの世界は本当の世界ではないこと、言いかえれば、超現実だけの世界は四次元の世界とはいわれないので、四次元の世界は現実の世界を離れてはないこと、四次元の世界は実際にこの世だということ、を語っているのであります。
>
> 谷川徹三「第四次元の芸術」

（天気輪の柱の）向う側は、銀河鉄道の通る宇宙であるが、この宇宙は、単なる天文学でいう宇宙とは、〈異なる空間〉であることに注目しなければならない。天文学的宇宙は、それが如何に遠い未知の世界であっても、わたくしたちが住む地上世界に続く、それと同質の空間である。（中略）その反対に、地上と同一平面上にあっても宗教的には〈異なる空間〉が形成される。

上田　哲《ひろし》「『銀河鉄道の夜』—賢治の異空間体験」

ところで「銀河ステーション、銀河ステーション」と声がした時にはジョバンニはすでに列車の中にいるわけだ。「何べんも眼を擦って」「気がついてみると」列車に乗り込んでいる。まるで、丘の上がそのまま汽車になったようなものです。

入沢康夫「討議『銀河鉄道の夜』とは何か」（対談）

天空がイクォール大地である、天空と大地との間にいったい何の相違があるのか、現代科学では違いがあると見ているけれども、もっと将来の科学ではそれを超えるような認識のしかたがあるかもしれない。そういうとらえ方は、現代人の知っている自然科学の許容のそとかもしれませんが、独特に真実な宮沢賢治流地質学であろうと思います。

宗　左近『宮沢賢治の謎』

それで丘の上に登りますでしょ。そうすると遠く汽車が走っているのが見えますね。ジョバンニは銀河鉄道に乗るわけですけど、僕はどうも、実はその汽車に乗ったんじゃないかという気がしてならないんです。

別役　実「ジョバンニとカムパネルラ―出会いと別れ」（対談）

＊

銀河鉄道が地上を走ったとする仮説的結論。これを平面銀河、天球儀地図と組みあわせてみよう。

ジョバンニのいる地上に星が降ってきて――正確に書くとジョバンニをのぞいた全宇宙が圧縮されて――、星々は町のまわりに配置され、夜空は一枚の地図のように地表に貼りついた。ジョバンニは地上にとどまりながら、まわりの風景に天球の景色が重なった。地球儀のうえに天球儀をかぶせたような世界である。天球地表とでも呼びたいイメージだ。

ふたつの球体が重なったイメージは、アルビレオの観測所で具現されている。そこではサファイアに、トパーズが重なるのだ。アルビレオの宝石も、銀河鉄道宇宙を小さなスケールでみせている。天の川の黒い観測所は、音もたてずに天球地表のすがたをくり返しているのだ。

話をもどそう。ジョバンニ、カムパネルラが立っているのは、地球のうえに天球を重ねた場所だ。この天球の地面の地図は、とうぜん天球儀地図なのだ。

つまり平面銀河も、天球儀地図も、地上走行説も、すべておなじことを意味している。地上に宇宙のすべてがかぶさり、地表と宇宙の外側がそのまま一致した空間、天球地表を銀河鉄道は走ったのである。

しかし、いくらジョバンニの夢のなかとはいえ、幻想第四次の高次元操作をうけたとはいえ、地上に宇宙のすべてが覆いかぶさったという風景は尋常なものではない。賢治は、なぜこのような幻想を組み立てられたのだろうか。

賢治は、いきなり空を降らせて地面に重ねたわけではない。地上の風景を書きかえて《そらの野原》を出現させるという、手順を踏んでいる。そして、その作業は、ほぼ迷いなしにすすめられる。三次稿と最終稿で、「天気輪の柱」の章の風景の描写が変更されていないことをみても、それはうかがえる。「銀河鉄道の夜」において、空と地がおなじものであるという意識は一貫している。

そして賢治は、空と大地はおなじものなのだから二つを重ねてしまってもいい、と考えを進めた。空と地が一つにならなければ《銀河鉄道》が出現しないのだ。もっといえば《銀河鉄道》ということばさえ成り立たすことができない。そこで、力わざでもって《そらの野原》を出現させ、四次元という新しい幾何学から生まれた想像力でもって三次元宇宙をつぶしてしまったのである。

夜空と大地がぴったり重なりあっていることを推しすすめて考えれば、カムパネルラの地図について、もう一度検討しなければならないだろう。銀河鉄道沿線は、地表に星が降って成立した世界である。その世界を支える基盤は地表である。つまり、カムパネルラの地図には、地形と星座の両方がえがかれている。

そして、ここで地図の形状を再考する必要があるだろう。この物語では、円形の地図は、まるい空をえがいた天球図を思いおこさせるような展開になっている。しかし、まるい地図というのはほかにもある。地球の半分をえがいた半球図だ。さらに、地図の色も考えてみよう。黒曜石の色は、夜空をあらわし、夜の野原を表現している。

カムパネルラの地図は、《夜の半球》のうえに天球の世界をえがいてある。黒曜石の円盤は地図と天球図のダブルイメージなのだ。

賢治が考えた、空と地を同一のものとしてとらえ、重ねあわせる感覚は、僕たちからかけ離れている。このことが銀河鉄道世界を理解することを邪魔してきたのだ。ともかく賢治は、銀河鉄道宇宙において、銀河と地上をつなぎあわせた。

そして「銀河鉄道の夜」には、もう一つの特記すべき空間が存在している。それは天上だ。はたしてサウザンクロスが天上だったのだろうか。それともカムパネルラが見て、ジョバンニには見えなかった野原だろうか。もっと別の可能性があるのだろうか。なぜ、天上の位置は、明確に読みとれないのだろう。賢治が銀河までのばした探査針は、天上まで届かなかったのだろうか。

「銀河鉄道の夜」の構想のなかには、天上の位置をあきらかにすることは入っていなかったのだろうか。賢治は迷ったのだろうか、それとも正確に読みとれないことに意味があるのだろうか。

そして、ここでもう一つのことを思い出そう。それはジョバンニの願いである。物語中なんども繰り返されるように、ジョバンニの願いは天上に行くことではなく、《カムパネルラとどこまでも行く》ことなのである。

天上の位置があきらかでないことと、ジョバンニの願い《星空をどこまでも行きたい》の二つはあるとき重なりあう。賢治は、ジョバンニにこんなことを言わせている。サウザンクロスを前にして、銀河鉄道から降りたくないとグズるただしにいうことばだ。そして最終稿では、さいごに切符が話題になる部分である。

「こゝでおりなけぁいけないのです。」青年はきちっと口を結んで男の子を見おろしながら云ひました。

「厭だい。僕もう少し汽車へ乗ってから行くんだい。」

ジョバンニがこらへ兼ねて云ひました。

「僕たちと一緒に乗って行かう。僕たちどこまでだって行ける切符持ってるんだ。」

「だけどあたしたちもうこゝで降りなけぁいけないのよ。こゝ天上へいくとこなんだから。」女の子がさびしさうに云ひました。

「天上へなんか行かなくたっていゝぢゃないか、ぼくたちこゝで天上よりももっといゝとこをこさへなけぁいけないって僕の先生が云ったよ。」


（289頁）

ジョバンニは地上と天上を、直接ならべて、くらべている。天上の地位は相対化されてしまっているといっていいだろう。サウザンクロス駅をまえにして、そこを天上と思っているかほるや家庭教師に、そんなところ行かなくてもいいじゃないか、と発言するのは非常識である。ジョバンニのことばは、家庭教師によってなんなくかわされてしまう。

あるいみ乱暴なジョバンニのことばは、切符の効力がささえているように思える。ジョバンニの切符は、天上までも通過点にしてしまうような力をもっているかのようなのだ。かといってこの切符は、サウザンクロスを前にした姉弟と家庭教師を、列車にとどめる力はもっていない。そして、この切符があれば銀河鉄道でどこまでも行けるという鳥捕りのことばは反故にされる。ジョバンニは列車から出て行かなければならない。天上の位置が読みとれないのと同様に、ジョバンニの切符のふしぎな力はまだ定義されていない。

ジョバンニの言葉の謎がときあかされたときに、「銀河鉄道の夜」のすべての空間は、あきらかになるだろう。

＊

「われわれの宇宙の陳腐さは、本質的に、われわれの表現の弱さによるものではないか？」と書いたのはアンドレ・ブルトンである。シモーヌ・ヴェイユはこう言った「わたしが、自分の惨めさによって全宇宙をけがすということもありうる」と。宇宙と個人のありさまは、ある種の思索家にとっては、直接交差するものなのである。そして、これらの言葉から思うことは、僕の弱さや惨めさが、賢治の宇宙をおとしめてしまうのではないか、ということだ。僕の表現力、想像力は、銀河鉄道にまるで追いつかない。でも、筆をすすめよう。賢治の宇宙をつまらないものにしてはいけないし、僕たちのまずしさをそのままにしてもいけない。作品の豊かさで僕らの惨めさをごまかしてもいけないだろう。僕たちは、僕たちなりに「銀河鉄道の夜」までの道のりをつくらなければならない。

ここまでは、作品本文から銀河世界を再構成するという方法をとってきた。では、賢治は、どうやってこの銀河世界をつくりあげたのだろう。

いままで「銀河鉄道の夜」の空間を三つの側面——平面銀河、天球儀地図、地上走行——に分解して検討してきた。しかし、これらは僕の方法から生まれたものであり、賢治の方法ではない。賢治は、自分のつくり出した空間を三つの側面にわけて考えることはなかっただろう。たぶん「銀河鉄道の夜」の空間構成は、僕の検討してきたどの部分からでもみちびき出されただろう。

ここからは、賢治がどのように「銀河鉄道の夜」の空間を構成していったのか、僕なりに組み立てることにする。

まずはじめに《銀河鉄道》あるいは《銀河ステーション》ということばがあったものとしよう。それは銀河の鉄道なのだから、夜空を走る汽車、星々のあいだを走る列車というイメージもあったはずである。しかし、この列車には地上の少年が乗らなければならなかった。地上の少年を乗せられなければ、賢治も乗れないではないか。賢治は自分で銀河鉄道に乗りたいのである。銀河鉄道に乗って、別れた者に追いつきたいのだ。つまり、この物語は、お星さまのおとぎ話ではなかった。

となれば、少年の夢のなかで走らせるしかない。しかし、ただの夢物語であってはならない。少年は、銀河鉄道で友と別れたあと、地上にもどらなければならなかった。どうやって少年や銀河鉄道を天の川に走らせて、さらに地上と結びつけておくのか。そして、銀河鉄道運行の第一要因である、友の死を直接えがかない。これが、初期稿における賢治の課題だったのだろう。

この課題にたいする賢治のさいしょの解決は、三次稿までの《操作された夢》という形式だった。この仕組みをつかえば、カムパネルラの死を明確にえがく必要はない。地上の場面は少なくてもいいし、銀河世界に星座イメージを自由に配置できた。空間的な整合がなくとも、ブルカニロ博士が地上と銀河を結びつけているから破綻しないのだ。

しかし「銀河鉄道の夜」は、書きはじめられたときから最終稿の基本的な空間構成、カムパネルラの死、最終稿の川原のシーンまで構想されていた。そうでなければ初期稿から最終稿への飛躍と、空間構成の基本的な一致を説明できない。ストーリーをかえても空間構成に混乱が生じない確固たる土台のうえを銀河鉄道は走っていると考えるしかないだろう。

そして賢治は、夢と現実、地上と銀河をつなぐ路線を設計する。賢治がとった方法は、銀河を地上によびよせるというものだった。星々を地表に降らせるために、まず地上の風景の読みかえをおこない《そらの野原》を出現させる。地上のうけ入れが整ったところで、賢治がつかったのが、全宇宙の圧縮という大規模な世界変換であった（これがあまりにも大がかりな手品だったために、僕たちはなかなか気づけなかったのだ）。

この操作の影響で、変換後の世界にふしぎな情景があらわれる。星は三角標となって光り、星座は大きな十字架や動物、そして乗客などに姿をかえる。この風景や、登場人物たちは、銀河鉄道の大地をつくり出した原理から生みだされ、またその原理の解説にもなっている。

星を地上に貼りつけて、銀河鉄道世界をつくり出した賢治にとって、その沿線地図が、天空を見上げた星座早見ではないことはあきらかだった。しかし、なぜか自分のつくった世界の構造をかくしたかった賢治は、その地図について「なんだかその地図をどこかで見たやうにおもひました」としか書かなかった。これは賢治が仕掛けた、星座のちょっとした奇術だったのである。

この空間をかくしたトリックについて書いておこう。まずイカサマの一つが、カムパネルラの地図を円形にして、星座早見に似させていることである。賢治は誤読を強制しているのだ。カムパネルラの地図には、天球儀的星座図と、ジョバンニの町の地形がえがかれている。つまり、ジョバンニは、黒曜石の地図をみて時計屋の星座早見、自分の町の地図、駅の鉄道路線をいっしょくたに思いだして「どこかで見た」と思っている。賢治もジョバンニも嘘は言っていない。しかしそのことばからは、黒い地図の半分以下の情報しか読みとれないのだ。この星座トリックの第一歩は、時計屋の台のうえに置かれた星座早見である。このショーウィンドウには、トリックとヒントがならべて飾られている。

もう一つの仕掛けは、ジョバンニの失語である。ジョバンニは、大事なことになると急にことばをうしなったり、口に出せなくなる。「銀河鉄道の夜」冒頭の授業のシーンから、それははじまる。ジョバンニは「たしかにあれがみんな星だ」と思っているのに、どうしてもそれを口にできない。ジョバンニが口ごもるところは、賢治がなにか仕掛けているとみたほうがいい。そして、失語はカムパネルラにもみられるし、作品のいろいろなところでかたちをかえてみることができる。

鉄道のはなしなのに脱線してしまった。話をもどそう。

「銀河鉄道の夜」は書きはじめられ、改稿され、最終稿へとかわっていく。最終稿で、賢治は物語をおおきくかえる。それは《夢の操作》というプロットの限界につきあたったからだ。三次稿でもって、黒衣の学者を登場させて賢治の本音をしゃべらせたが、それでも作品のスケールはたいしてかわらなかった。それは、黒衣の学者が《夢の操作》という仕組みのなかにある以上しかたのないことであった。《夢の操作》という形式は、現実と夢をつなぐことはできるが、夢を現実の下位構造として位置づけてしまう。

しかし、賢治はもっと大きな枠組みを「銀河鉄道の夜」にもとめる。ジョバンニの夢は真実でなければならない。物語は銀河に見合わなければならない。

ここで賢治は《夢の操作》という仕組みを捨て去る。そしてセロの声、ブルカニロ博士、黒衣の学者は削除され、銀河鉄道の旅を成り立たせている要因であるカムパネルラの死を、明確に書かなければならなくなった。

最終稿では、ラストシーンの変更によって、地上の川がはじめてえがかれる。ここで天の川と地上の川、化石の川原と捜索の川原を、完全に一致させる必要がでてくる。つまり、《夢の操作》が担っていた銀河鉄道と地上を結びつけておく仕掛けが、こんどは空間構成のほうに移されたのだ。そのため賢治は、物語の空間を整理して、確実に銀河世界と地上の町を整合させたのである。

そして賢治は、自分がかくした空間を読みとけるように、物語の各所に解読鍵を配置している。天の川と地上の川が一致することは作品からすぐに読みとれるが、空間構造が正確に読みとけないと、銀河と地上を重ねあわせることができないからだ。

その鍵とは、宇宙の外側からの視点をしめすレンズ状の銀河模型、左右反転の星座を示唆する古風な星座絵、二重感覚で情景を読みとることを要求する捜索の川原、線路の岸を決定するためのアンタレスの再登場。そして天球儀的世界をあらわす川にうつった銀河である。これらは最終稿にしかでてこない描写なのだ。

ラストシーンの地上の川にうつった銀河。それはまさに銀河鉄道が地上を走った、そのことの名残りであり、銀河の旅が真実であった証しなのである。

★ノート6　琴の星について

三次稿から最終稿への改稿の特徴として、空間の整理や明確化、空間を読みとくための解読鍵の追加を挙げられることがあきらかになった。

この整理やヒントの追加という観点から《琴の星》をみていこう。琴の星は「銀河鉄道の夜」研究で重要視されてきた。琴の星の青い光をきっかけに、ジョバンニが銀河鉄道の世界に移るという構図は誰もが認めるだろう。しかし、三次稿で大活躍する琴の星は、最終稿では一回しか登場しない。天沢退二郎は『エッセー・オニリック』にこう書いている。

……この青い《琴の星》の出没ぶりや、移動・仮装の変幻は、一見まぎらわしく眩惑的であるが、それは決して無原則に出没したりしているのではない――おそらくは〝夢〟の縁の形成にかかわる、一種の力学、宮沢賢治のキー・ワードの一つを借りるならば、《熱力学》の法則ごときものが、これらの動きの背後に確実に感得されはしないだろうか？

天沢が直感した《琴の星》の運動法則を、僕は「銀河鉄道の夜」の空間整理がはっきりとあらわれたものとして考える。《琴の星》を「銀河鉄道の夜」のなかに、鉄道沿線に、はっきりと位置づけなければならない。

いや、カッコつけずに書こう。琴の星の存在は、天球儀地図モデルの弱点ではないかと僕は考えていた。どういうことかと説明すると、三次稿では、琴の星が最初の三角標にかわる。最終稿では、天気輪の柱が三角標にかわる。このことから、琴の星と最初の三角標と天気輪の柱をむすぶ等式を想像してしまったのだ。しかし天球儀地図では、川の左岸にある天気輪の柱と、あきらかに右岸にある琴の星は対応しない。

しかし、最終稿までの改稿で空間の整理がおこなわれたと考えれば、琴の星の問題は解決できる。それどころか、琴の星の位置が整理されたことと、役割を減らしたことは、天球儀地図の傍証にもなる。琴の星は、あるいみ「銀河鉄道の夜」の弱点であり、賢治の弱みなのだ。

では、琴の星の登場シーンを各稿で追ってみよう。

まず、一次稿、二次稿には、夢の導入シーンはのこっていないため、その部分はみることはできない。しかし、この二つの稿では、その後の稿にない特徴的な方法で《琴の星》は出現する。それは《琴の宿《ライラ》》として線路の反対岸に登場するのだ。ライラとはLyla、つまり琴座の英語読みである。

そして青い橄欖《かんらん》の森が見えない天の川の向ふにさめざめと光りながらだんだんうしろの方へ行ってしまひ、そこから流れて来るあやしい楽器の音ももう汽車のひゞきや風の音にすり耗《へ》らされて聞えないやうになりました。

「あの森琴《ライラ》の宿でせう。あたしきっとあの森の中に立派なお姫さまが立って竪琴を鳴らしていらっしゃると思ふわ、お附きの腰元や何かが青い孔雀の羽でうしろからあふいであげてゐるわ。」

カムパネルラのとなりに居た女の子が云ひました。

（一次稿　461頁）

このように、《琴の星》は一次、二次稿で、はっきりとした位置をもって、銀河鉄道沿線に登場する。ただし、おそい登場と言わざるをえない。

星座図でみると、琴座は白鳥座のすぐ横、ちょうど白鳥の頭のアルビレオの西側にある。孔雀座のイメージと一緒にでてくるのでは、南側にありすぎてじっさいの星座の配置と合わない。このため三次稿以降《琴の宿》はすがたを消したのだろう。このエピソードは、あとの稿では孔雀の話にまとめられることになる。

その後、琴の星は物語のさいごの一行で再登場する。

琴の星がずうっと西の方へ移ってそしてまた蕈《きのこ》のやうに足をのばしてゐました。

（一次稿　二次稿）


この最後の一行は《琴の星》が、ジョバンニが目覚めてから意識するたった一つの星であることを示している。

つぎにみる三次稿では《琴の星》は、先にも書いたとおり、最初に出現する三角標になる。この夢の導入前後で、この星や光が四回えがかれる（この部分には失われた原稿があるので、この星はもっと登場していただろう）。そして、三次稿でも最後の一行に《琴の星》が再登場する。

一次、二次稿で明確な位置をもって登場する《琴の宿《ライラ》》、三次稿では最初の三角標にかわる星、そして最後の一行に登場する星として、「銀河鉄道の夜」初期稿では《琴の星》が特別な星であることはあきらかだ。

しかし《琴の星》は、三次稿のあいまいな空間構成を体現してしまっている星でもある。この星が最初の三角標にかわったのだが、それが銀河鉄道沿線のどこに立ったのか明確には書かれていないこと。それに、この琴の星の三角標に、白鳥の旗が立ったように読めることである。

琴の星に白鳥の旗が立ったら、三角測量が混乱してしまうではないか。このとき、ほかの星も三角標になっていたのかもしれない。だが、多数の三角標があらわれるのは、すこし後の文章なのだ。賢治がミスしたのか、なにかここで仕掛けているのか、三次稿の《白鳥の旗》の描写は不可解なものとなっている。

この部分について、僕はこう考えている。白鳥の旗が立った三角標は、白鳥座の星のひとつである。そして、白鳥の三角標は、天気輪の丘の近くに、いや天気輪の柱に重なるように立った。つまり天気輪の柱は、白鳥座の一部なのだ。琴の星の三角標は、そらの野原の別の場所にあるのだ。

物語や空間の整合からすれば、賢治は三角標がたくさんあらわれる文章を、先に書いておくべきだった。しかし、かがやく琴の星を中心に三角標の登場シーンを書いてしまったために、ここで琴の星と白鳥の星を入れ替えている。琴の星マジックはあまり手際がよくない。だからツジツマが合わないことが目立ってしまう。

では三次稿において、琴の三角標はどこに立ったのか。《琴の星》は北の十字架の青白い後光となって登場している、と僕は考える。この後光は十字架がまとっている光ではなく、あきらかに線路の対岸にある光なのである。北の十字の描写を引用しよう。

俄かに、車のなかが、ぱっと白く明るくなりました。見ると、もうじつに、金剛石や草の露やあらゆる立派さをあつめたやうな、きらびやかな銀河の河床の上を水は声もなくかたちもなく流れ、その流れのまん中に、ぼうっと青白く後光の射した一つの島が見えるのでした。その島の平らないただきに、立派な眼もさめるやうな、白い十字架がたって、それはもう凍った北極の雲で鋳たといったらいゝか、すきっとした金いろの円光をいただいて、しずかに永久に立ってゐるのでした。

そして島と十字架とは、だんだんうしろの方へうつって行きました。

向う岸も、青じろくぽうっと光ってけむり、時々、やっぱりすすきが風にひるがへるらしく、さっとその銀いろがけむって、息でもかけたやうに見え、また、たくさんのりんだうの花が、草をかくれたり出たりするのは、やさしい狐火のやうに思はれました。

（三次稿　517頁、最終稿　254−5頁）

金色の円光は、十字架の付属物である。しかし青白い後光は、対岸にある光なのだ。そして、北の十字の後光が《琴の星》であるという僕の読み方は、白鳥座のすぐ横にある琴座という星座配置と合致する。このように琴の星はあちこちに移されるのだが、しだいに天空の星座の位置のなかにおさまっていく。しかし賢治は、この後光が《琴の星》であるとは明言できない。琴の星と白鳥の星をこっそりすり替えたので、いまさら十字架の後光が《琴の星》の光であると言えないのだ。賢治は、まちがって琴の星に白鳥の旗を立てたのではない。この白鳥の旗は、最終稿には出てこない。入れ替え手品は、賢治にもチャチなものに思えただろう。賢治は、自分のコスモグラフィにインチキな部分をのこしはしなかった。

さいごにみる最終稿では、《琴の星》はたった一回しかえがかれない。それも琴の星がキノコのような足をのばして、天気輪の柱が三角標にかわるのをさそっているくらいの役割しかもっていない。そして、もう《琴の星》は登場しない。ジョバンニが目覚めてから見る星は、《蠍座の赤い星》に変更されてしまう。

北の十字の青白い後光はそのままだが、琴の星自体の描写が少なくなっているためにつながりが弱くなってしまっている。最終稿では、北の十字の後光はなんの光だかわからないし、逆にいえば《琴の星》は沿線のどこにあるのか分からなくなってしまっている。

このように《琴の星》は、初期稿でもっていた役割をつぎつぎと奪われ、鉄道沿線での位置が不明確になっていく。なぜ賢治は、三次稿で手品までつかって琴の星をかくさなければならなかったのだろう。どうして最終稿では、琴の星は特別あつかいされなくなってしまうのだろうか。それは《琴の星》が、ジョバンニを夢にいざなう役割をもっているが、空間的に銀河鉄道の出発の場所と重ねあわせることができないという矛盾をもっているからである。琴の星は、どの稿でもつねに線路の反対側にある、と僕は考えている。星座図でみて《琴の星、ベガ》が、《蝎の火、アンタレス》と天の川のおなじ岸にあることをおもえば当然である。つまり《琴の星》をきっかけ、あるいは出発点にしてジョバンニが銀河鉄道に乗りこむ、というのは空間的、地理的にもともと無理があったのだ。

しかし、賢治は、その無理を承知で「銀河鉄道の夜」を書きはじめた。地上の場面がすくない三次稿まではそれでもよかった。しかし夜空の景色と地上の風景が一致しなければならない最終稿において、その無理は効かない。それで《琴の星》は脇役にさげられたのだ。作品の改稿によって、銀河鉄道沿線の星座イメージはしだいに夜空の配置に近くなっていくが、まさにそのことによって琴の星の位置はだんだん不明確にならざるをえない。このために、ジョバンニが目覚めてから意識する星も《琴の星》では成り立たなくなり、《蠍座の赤い星》に変更されたのだ。

「銀河鉄道の夜」の研究において《琴の星》は重要視されてきた。しかし、琴の星が主要キャストだったのは三次稿までなのだ。《琴の星》は出番をへらされ、最終稿では沿線のどこで光っているのかすらわからない星にされている。

しかし《琴の星》は、さいごまで舞台に立った。その理由は、白鳥座の近くにあり銀河の水にひたっていない明るい星という条件から《琴の星、ベガ》しか選べなかったからだ。賢治はさいごまで名女優を外すことはできなかったのである。

★ノート7　二つの柱

天気輪の柱についてスケッチをのこしておこう。天気輪の柱は、宗教的設備、自然現象、いろいろな解釈が提出されているが、決定的なものはない。ふしぎな建造物であるし、賢治がこの柱に込めた思いもいくつかあったと考えられる。そんな謎の塔に、自分の説を一つ加えておこう。

天気輪の柱は、通信設備なのだ。丘のうえの電波塔といってもいい。つまり、銀河と地上、夢と現実、ジョバンニとブルカニロを結びつけておくための通信塔である。

「銀河鉄道の夜」は通信や信号のイメージにあふれている。銀河鉄道世界には、電話があることがえがかれ、電信柱もみられる。さらにいえば灯台看守も登場するし、鳥の信号手も信号塔で鳥に合図をおくっている。これらは夢の操作という仕組みをささえる物的インフラだ。この通信回線は三次稿まではちゃんとした役割があったが、最終稿では機能を失って、設備だけがのこされているのだ。

そして、通信設備の一部である電信柱は、銀河世界の特徴的な場所に登場する。それは、ジョバンニが銀河鉄道からみる、さいごの風景のなかだ。

何とも云へずさびしい気がしてぼんやりそっちを見てゐましたら向ふの河岸に二本の電信ばしらが丁度両方から腕を組んだやうに赤い腕木をつらねて立ってゐました。「カムパネルラ、僕たち一緒に行かうねえ。」ジョバンニが斯う云ひながらふりかへって見ましたらそのいままでカムパネルラの座ってゐた席にもうカムパネルラの形は見えずたゞ黒いびろうどばかりひかってゐました。

（293頁）

銀河の夢は、南北の十字架で区切られているのではない。銀河鉄道は、天気輪の柱と二本の電信柱のあいだを走るのだ。夢の両端に配置された二つの柱に関係があるとみて間違いないだろう。

最終稿において、天気輪の柱は通信塔としての役割から解放される。この役割をなくしたことで、天気輪の柱は最初の三角標になることができたのではないだろうか。

＊

天気輪の柱と対になった電信柱は「銀河鉄道の夜」のなかの異物だ。なぜ、透明な銀河の旅のさいごに、ごみごみした町なかを思わせる電信柱がえがかれるのか。それもかなり不気味な存在として書かれている。この電信柱は、初期稿から最終稿まで、かわらずに登場する。

ここで僕の個人的な感想を書くことをゆるしてもらおう。僕はこの電信柱が嫌いだったし、どうしても引っかかるオブジェであった。それは、賢治が作品の多くに電信柱をえがいていることを知ったあとも長くのこる感覚であった。この電信柱を解決しないことには僕の「銀河鉄道の夜」解読はおわらない。いったいこの電信柱はなんなのだろう?

天沢退二郎は、電信柱のかたちが、ジョバンニとカムパネルラが肩をくんだ姿であると解き、少年たちの友情をあらわしているとした。これが通説になっているといっていい。二人は、白鳥の停車場で肩をならべて歩いている。

僕はこう考えている。腕木で接続されている電信柱のかたちは、北と南の十字架にも対応している。

では、天の川の大きな十字架の、地上における対応物はなんだろうか。一つは、町の十字路であろう。ここは町の中心部で、銀河の祭りで明るくなっていた。

もう一つは、川と橋がつくる十字形である。川には烏瓜の灯りが流され、橋の上もにぎわっていた。そのあと、川と橋は、別の光で照らされる。カムパネルラ捜索のためのアセチレンランプである。

ところがその十字になった町かどや店の前に女たちが七八人ぐらゐづつ集って橋の方を見ながら何かひそひそ談してゐるのです。それから橋の上にもいろいろなあかりがいっぱいなのでした。

（295頁）

その河原の水際に沿ってたくさんのあかりがせはしくのぼったり下ったりしてゐました。向ふ岸の暗いどてにも火が七つ八つうごいてゐました。

（296頁）

ジョバンニはわくわくわくわく足がふるへました。魚をとるときのアセチレンランプがたくさんせはしく行ったり来たりして黒い川の水はちらちら小さな波をたてて流れてゐるのが見えるのでした。

（297頁）

ジョバンニは、天気輪の丘から、光の変化を前もって確認している。すこしもどって、ジョバンニが夢から覚めた直後の情景をみよう。

ジョバンニはばねのやうにはね起きました。町はすっかりさっきの通りに下でたくさんの灯を綴ってはゐましたがその光はなんだかさっきよりは熟したという風でした。

（294頁）

町あかりの変化は、時間の経過をしめすもののようでもあるが、直接的には、川と橋の灯りが青い烏瓜からアセチレンランプにかわったことをえがいている。目覚めたジョバンニには、この灯りが、ねむる前よりもはっきりと明るく見えたのだろう。天気輪の丘からは、町と川のふたつの十字架が見えるのだ。そして、この十字はすぐ横にならんでいる。

さらにいえば、白鳥の駅から天の川まで歩くジョバンニ、カムパネルラを照らしていたのは、このアセチレンランプかもしれない。地上の光が、次元を超えて銀河の外側にとどいたのだ。そして、ジョバンニの眼下にみえる二つのならんだ十字は、《腕木でつながれた二本の電信柱》の対応物でもある。二本の電信柱は、地上にならんだ二つの十字の変形物なのだ。ジョバンニは、夢から覚める直前に空から自分の町をながめたのかもしれない。銀河鉄道から町が見える瞬間は、平面銀河が崩壊するとき以外にありえない。地上の風景を空から見てしまったジョバンニが目を覚まさなければならないのは、感覚的にも、夢の論理からも当然であるといえる。

そう考えると、《そらの孔、石炭袋》から《カムパネルラの消失》までの性急さは、夢がおわりを迎えるときの、目覚めが近いときの時間感覚をうまく表現したものであることに気づく。《二本の電信柱》は、埃っぽい地上を思わせ、銀河の通信設備であり、少年たちの友情、ふたつの十字架の対応物でもあり、祭りの町を俯瞰しながら天球地表の終焉をあらわしている。銀河鉄道の夢から、ジョバンニを、僕たちを、目覚めさせるための超絶技巧なのだ。

Ⅳ　三枚目の地図

　ここまでは、「銀河鉄道の夜」の本文から、物語の空間を再構成するという方法をとってきた。そして、作品の内側で完結する空間構造を読みとくことができた。キツネにつままれた、と感じる読者もいるかもしれない。

　しかし、もしここまでの考察を、まったく別の観点から裏付けできれば、今までの僕の文章にも、説得力をもたせることができるだろう。銀河までのばされた賢治の観測塔の土台をつきとめることで、僕が読者を惑わせたのではないことを証明しなければならないだろう。

　アメリカの日本文学研究者グレゴリー・ガリーは『宮澤賢治とディープエコロジー』のなかで、「銀河鉄道の夜」の中心イメージは地図であると述べている。僕もここまで作品の地図イメージを検討してきた。ここで作品の外側にある《三枚目の地図》と僕の提出した空間モデルを接続してみよう。これまでの考察で銀河世界とジョバンニの町を関係づけることができた。こんどはジョバンニの町と、花巻の町のあいだにある変換原理をさぐってみることにする。

賢治が長い時間をすごした花巻の町に「銀河鉄道の夜」の原景をさがす作業は、今までにも行われてきた。つまり僕たちの前には、賢治にゆかりのある地点の情報と、先人たちの研究があり、花巻の地図、そして「銀河鉄道の夜」本文からつくりあげた天球儀地図モデルがある。このモデルは、銀河鉄道沿線とジョバンニの町をそのまま重ねあわせられる。この地図をつかって、物語の町を走る線路を決定することができた。僕は、このおおきな枠組みから、架空の町と現実の町をつなげてみようと思う。

ジョバンニの町をおさらいしよう。物語の町は、線路と川にはさまれていた。これは町の中心部が線路と川のあいだにある花巻と似た配置である。しかし、ジョバンニの町は、西に川があり、東に線路がある。いっぽう、花巻の町は、東に北上川があり、西に線路（東北本線および花巻駅）がある。二つの町は、東西があわないのだ。

寺門和夫は『「銀河鉄道の夜」フィールド・ノート』のなかでジョバンニの町をつくりあげるために、花巻の町を鏡写しにするという方法を見せた。この方法は東西の不一致を解消することができる。

だがその方法を、僕はすでに夜空の地図をえがくためにつかってしまった。もう一度つかってていけないわけはないが、賢治がとった方法はもっと簡単なものだっただろうと考える。現実の風景を左右反転して物語をはめ込むのは、むずかしい作業であることが予想されるからだ。

さらに天空の地図を重ねなければならないとすれば、困難さは倍増する。銀河に列車を走らせるという大胆な実験をためすのに、その準備の段階で、そんな込み入った作業をおこなうだろうか？　複雑であやうい基盤のうえに銀河鉄道のレールは敷かれているのだろうか。それは実験の命取りになりかねない。

では、賢治はどうやって、花巻とは東西のあわないジョバンニの町をつくり出したのだろう。東西を入れ替えるだけなら、鏡写しのほかにも方法がある。

僕は地図を一八〇度回転させてみる。カムパネルラも銀河鉄道のなかで地図を「ぐるぐるまはして」いるのだ。

とにかく花巻の地図の東と西、右と左を入れかえてみよう。すると、左に川、右に線路がくる。この状態で上に北、下に南、左を西、右を東とふりなおす。この地図を《逆転地図》と名づけよう。この逆転地図をつかって、ジョバンニの町と賢治の花巻をあわせてみよう。

ここからは、物語にあわせてジョバンニの足取りを追ってみることにする。以下の東西南北の表記は、逆転地図での方位である。

物語の冒頭のジョバンニの小学校は、賢治がかよった花巻川口尋常小学校だ。逆転地図では町の南側にある。

つぎにジョバンニのアルバイト先である活版所は、『春と修羅』を印刷した大正活版所であ

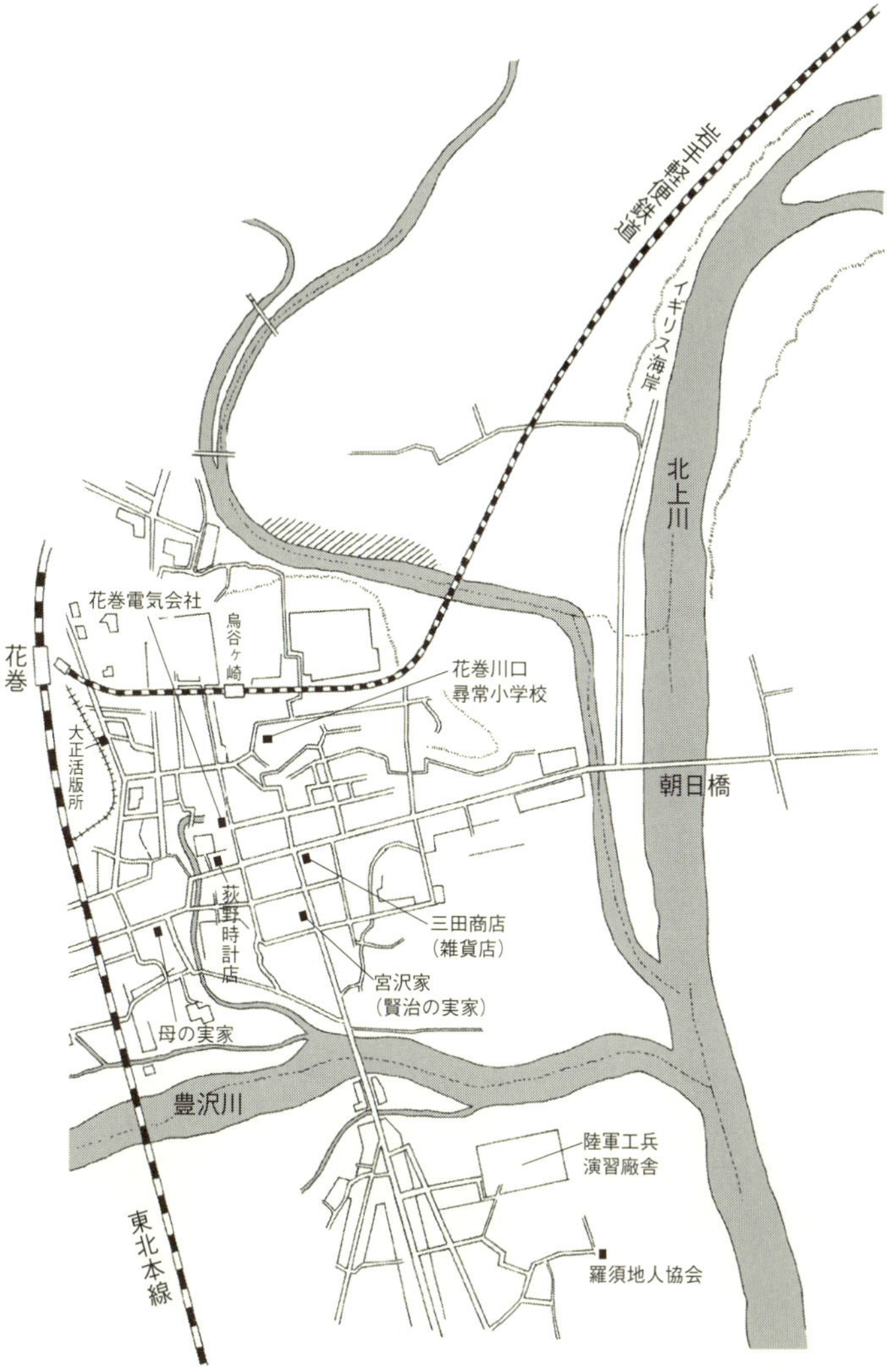

岩手軽便鉄道
イギリス海岸
北上川
花巻電気会社
鳥谷ヶ崎
花巻
花巻川口
尋常小学校
大正活版所
朝日橋
萩野時計店
三田商店
(雑貨店)
宮沢家
(賢治の実家)
母の実家
豊沢川
陸軍工兵
演習廠舎
東北本線
羅須地人協会

大正期の花巻の地図

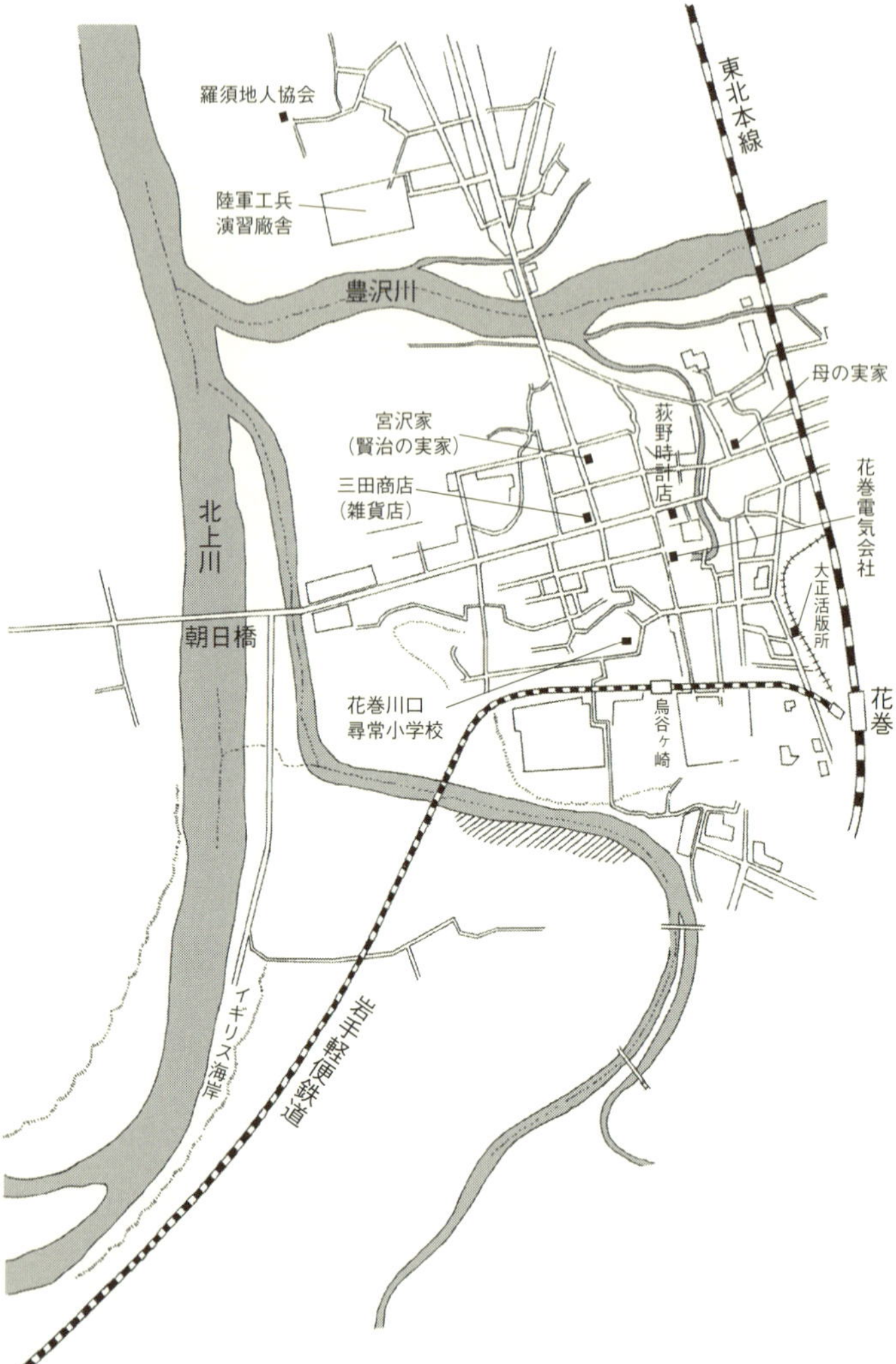
東北本線
羅須地人協会
陸軍工兵
演習廠舎
豊沢川
母の実家
宮沢家
（賢治の実家）
荻野時計店
三田商店
（雑貨店）
花巻電気会社
大正活版所
北上川
朝日橋
花巻川口
尋常小学校
鳥谷ヶ崎
花巻
岩手軽便鉄道
イギリス海岸

花巻の南北逆転地図

る。活版所は、逆転地図でいうと小学校の東側にあたる。小学校も活版所も今はもうないが、賢治の生きたころは、本当に小学校から角を三回曲がると活版所についたのではなかったのだろうか。

活版所でアルバイトを終えたジョバンニは、パンを買って自分の家に帰る。逆転地図をみると、活版所の北側に賢治の母の実家（祖父母の家）がある。この家をジョバンニの長屋としたいところだが、ジョバンニの家はもうすこし北奥にして、この祖父母の家をザネリの家としたほうがおさまりがいいだろう。このように配置すると、ジョバンニがそのあと町に出る途中でザネリとばったりと出会うことができるからだ。

ジョバンニが家を出たのは、銀河の祭りを見物するためと、届かなかった牛乳をもらうためだ。祭りの町で、ジョバンニは時計屋のショーウィンドをのぞきこむ。この時計屋は、よく言われているように荻野時計店だ。ちかくには電飾でかざられた電気会社もある。

このあと、ジョバンニは牛乳をもらいに牧場へと向かう。ジョバンニは、雑貨店のある十字路よりも一つ手前の道で北にむかった。逆転地図では、牧場についてはは手がかりはないが、豊沢川（北上川の支流）の北側ということでいいだろう。そこには陸軍工兵演習廠舎がある。きっと、賢治はこの兵舎をどかして牧場をつくりあげたのだろう（追いだされた工兵たちは、天の川で発破漁をしていた）。

三次稿にだけでてくる牧場手前の小さな川は、豊沢川か、豊沢川に流れ込んでいる小さな川だろう。

牧場で牛乳を手に入れられなかったジョバンニは、町の中心部である雑貨店のある十字路へと向かう。この雑貨店のある十字路は、寺門和夫の考察のとおり、三田商店のある十字路だろう。賢治が生きた当時、三田商店は雑貨店だった。

ここで立ち止まって、牧場と雑貨店の途中のポイントを考えよう。逆転地図でみると、雑貨店の北側に賢治の生家がある。しかし、ここは物語ではなんのポイントにもなっていない。ここがカムパネルラの家とできればきれいにおさまるけれども、そうはなっていない。賢治は自分の家は無視したか、位置をずらしたのだ。

僕は、カムパネルラの家は雑貨店の南側に設定されていると考えている。そしてカムパネルラと自分自身をすこし重ねて考えていた賢治は、自分の家の移動にともなって、雑貨店の位置も変更したのだ。なぜ賢治は、自分の家を移動させたのだろう。それは、ジョバンニが北の牧場からやってくるので、カムパネルラを南から登場させ、十字路で顔を合わせなければならなかったからだ。

うろうろするとジョバンニを見失ってしまう。十字路にもどろう。雑貨店のまえで、ジョバンニはカムパネルラ一行と出会い、ザネリに冷やかされ、ジョバンニは自分の家のある東のほうへと駆けだす。途中、いちど道をふり返ってザネリと目を合わす。このとき、生きているカムパネルラのさいごの姿をみることになる。このふり返る場所を、天沢退二郎が考察し、地図上にのこしている（『討議「銀河鉄道の夜」とは何か』）。天沢は、町のメインストリートが曲がっていて、その角でジョバンニがふり返るとする。この曲がり角が、逆転地図上でも確認できる。そこには、すじ違いになっているザネリの家と雑貨店のあいだをつなぐ三叉路の一本が、天沢地図のとおりに曲がっている。

このあと、ジョバンニは家には帰らず、ふたたび北へ向かい牧場を通りこして天気輪の丘をのぼる。ここまで書けば、僕がどこに天気輪の丘を置こうとしているのかは、もうお分かりだろう。それは羅須地人協会の建物（賢治の私塾であり宮沢家の別宅）があった場所である。賢治はここに、南に町をのぞみ、西に川をながめる丘をつくりあげたのだ。そして、この丘でジョバンニはふしぎな夢をみることになる。

夢から覚めたジョバンニは、ふたたび牧場へ行き牛乳を受けとる。そして雑貨店のある十字路にもどり、川での事故を知る。そして西にある橋にむかう。この橋は北上川にかかる朝日橋である。

そして橋から南側の川原におりる。この川原は、賢治がイギリス海岸と名づけた花巻の川原である。ここが物語のカムパネルラ捜索の川原であり、銀河鉄道世界の化石の川原でもある。そしてカムパネルラのおぼれた川、それが北上川である。

ここまでで、ジョバンニが歩いた部分の検討は、終わりにする。

のこるのは町を走る鉄道である。これは多くの人に言われているように、岩手軽便鉄道そのものでもいいだろう。その場合は、ジョバンニの小学校のそばに線路があったのだ。

だけれども銀河鉄道が天の川沿いに——つまり北上川沿い——に走ることをおもえば東北本線のほうがおおまかな地形にあっている。軽便鉄道はすぐに北上川を渡って川から離れてしまうのだ。このあたりには厳密さをもとめても仕方ないだろう。

逆転地図でのジョバンニの足跡をみてきた。ここで、逆転地図の中心部と天沢地図をくらべてみよう。この二つは似ていないだろうか。花巻の逆転地図は、天沢地図の精確さを裏打ちしている。

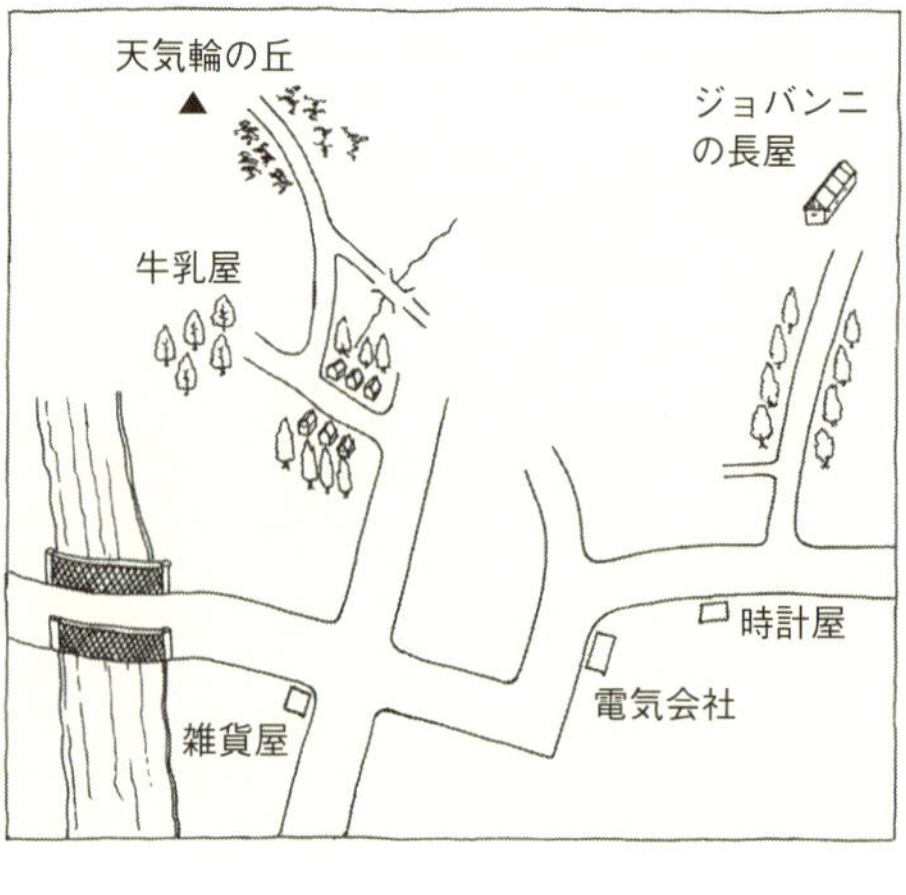

『討議「銀河鉄道の夜」とは何か』の天沢退次郎作成の図を参照した。

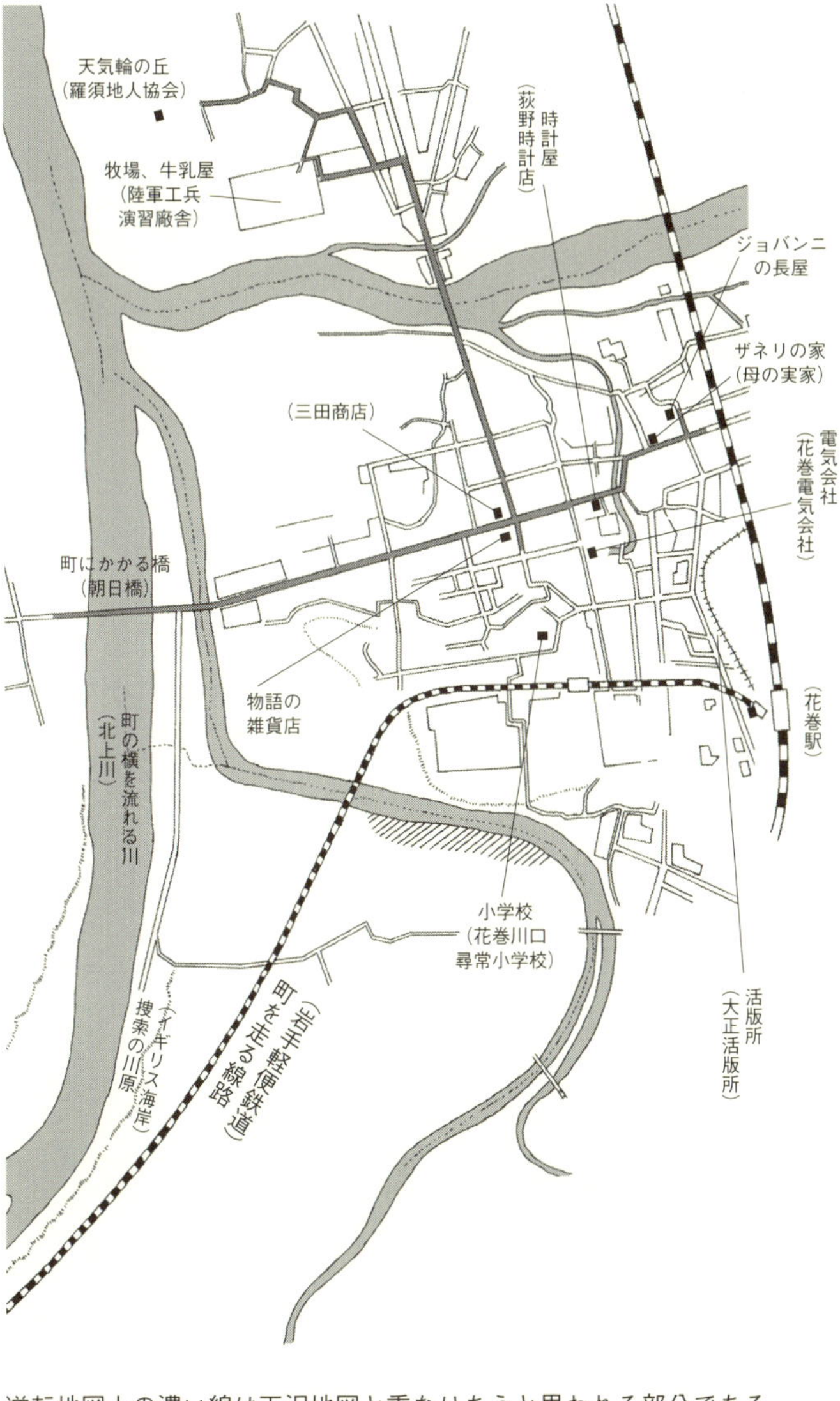

逆転地図上の濃い線は天沢地図と重なりあうと思われる部分である。

ジョバンニの町は、さかさまになった花巻だ。賢治が、架空の町を立ち上げるときに、よく知る花巻の町を土台としてつかったということは充分に考えられるし、先の研究者たちもそう思ってきた。花巻の逆転地図は、それらの考察をまとめる証明地図であり、また天球儀地図の傍証にもなるだろう。天の空間は、ふしぎなかたちで花巻の町によりそっている。

銀河鉄道の世界は、ジョバンニの町によって証明される。そしてジョバンニの町は、花巻の町によって保証されている。賢治は、ていねいに担保をとりながら、銀河に列車を走らせた。花巻の町が、途方もない実験の強固な土台と手法の精密さを証明している。

しかしなぜ花巻の地図はさかさまになっているのだろう。

賢治は、東西を変更するために地図を回したのではない。架空の町をつくるためでもない。この地形の変換は、もっと大きな反転を目的としている。それは「銀河鉄道の夜」のなかでテーマとなっている北と南を逆転することである。

「銀河鉄道の夜」とよく関連づけられる伝記的記事が、賢治のサハリン旅行である。しかしサハリンは花巻の北にあり、銀河鉄道は南にすすむ。賢治は、北方への旅行を南下する物語に書きかえているのだ。サハリン行と関連する賢治の詩「青森挽歌」に、この反転を思わせる節がある。

わたくしの汽車は北へ走つてゐるはずなのに
ここではみなみへかけている

汽車の逆行は希求の同時な相反性
こんなさびしい幻想から
わたくしははやく浮びあがらなければならない

そして、ジョバンニの町が南北の逆転した花巻であるということは、サハリン行と「銀河鉄道の夜」をむすびつけた賢治の方法を示しているのだろう。賢治は、地図の回転という具体的な操作をおこなわなければ、北方行を南下する銀河鉄道に変更できなかった。すでに書いたように、賢治は東西南北という配置をこのんだ。しかし賢治の作品全体をみれば、北が特別な方角であることはあきらかだ。賢治の北進性といってもいい。

しかしいままでみてきた「銀河鉄道の夜」は、南にすすむ物語なのだ。賢治はどうして自分の北進性を逆転したのだろう。そこにはどんなメカニズム、原理があったのだろうか。

ただ逆転した北進としての南進だろうか。天の川のなかの白鳥座、南十字座という配置からの要請だろうか。それとも、南十字星が象徴する、新世界、さかさまの大地、これから社会がつくられるユートピアとしての南半球へのあこがれだろうか。

賢治に関心をよせ、エッセーでは地理的想像力を話題にする管啓次郎はこう言った「ぼく自身のstrangeography（個人的幻想的現実的地理学）が、ぼくのふるさとだった」と。

花巻の逆転地図は、賢治のストレンジオグラフィなのだ。

＊

さいごにこの結論をつかって「銀河鉄道の夜」の冒頭部を書きなおしてみよう。どうかお許しを！


花巻小学校に通う少年ジョバンニは、夏祭りの日の午後、みやざわ先生から理科の授業をうけていました。ジョバンニとカムパネルラが先生の質問に答えられず、教室がしずまりかえったときに、学校のちかくを汽車が走っていきました。午後のさいしょの列車でした。教室にはしばらく汽車の音だけがひびきました。

授業がおわったあと、ジョバンニは大正活版所にむかいました。ここで夕方までアルバイトをしているのです。そこでジョバンニがうけとったのは「銀河ステーションがなんとか」という、詩のような原稿でした。これは高いテーブルの人が、わざわざジョバンニのためにとっておいてくれた原稿だったのです。それは頁にたいして、拾わなければならない活字が少なかったのです。でも、それを書いた人は、直しや注文やらが多く、面倒なものでもあったのです。

えこひいきとも、ジョバンニの不運ともとれる場面をみていた職人は、ジョバンニにこう云いました。

「よう虫めがね君、お早う。(いい原稿があたったな!)」

職人たちは同情ともやっかみともとれる顔でわらいました。

ジョバンニは目をぬぐいながら、活字をだんだんひろいました。

ようやく活字を組み終り、高い机のひとのところに活字箱をもっていきました。もう夕方の六時でした。テーブルの人はひと通りながめたあと、箱を受けとってくれました。そして入り口の計算台で、ジョバンニは銀貨をもらうのです。

銀貨は、四つに折られた、十行ほどの詩が書かれていた紙につつまれていたのでした。

ジョバンニは、包みを上着のポケットに入れました。

＊

「銀河鉄道の夜」は宇宙のお話?　とんでもない。これは地上の物語だったし、花巻が舞台なのだ。

さいごに

賢治が「銀河鉄道の夜」でえがいた空間は、偶然にできあがったものでも思いつきでもない。単純な原理でもって、銀河を縦横に変形させ表現しているのだ。賢治の宇宙は、精密なモデルとして再現できる。

このことを別の視点からみれば、賢治の言いたいこともみえてくる。世界は、たまたまできた物理法則によって偶然できあがったものではないこと。宇宙は明確な構想のもとにできあがっている、という賢治の信念だ。そしてその世界観は、すべての存在に宇宙にいる意味をあたえる。意味のある存在が占める場所には、とうぜん理由がある。そこは、抽象的な空間などではなく、固有の場所である。銀河も、地上も、意味のある存在の居場所でうまっている。その空間構造があいまいなものでいいわけはないし、意味のある存在が虚空に遠ざかっていくものであるわけがない。

宇宙も、人間も、なるべくしてなっている。銀河も、そしてまた地上も、偶然ではない。賢治は「銀河鉄道の夜」を大胆な構想と精密な構造でもってえがき、銀河と地上の必然を証明しているのである。

僕の真夜中の散歩はここでおわる。なかなかたいへんなハイキングだった。うもれかけた道に先行者がのこしたしるしをみつけて勇気づけられた。途中にあらわれた難所をこえるのも、いまとなれば楽しい思い出だ。

到達地点を予想して歩き出したわけではないけれども、自分のテーマは明確だった。僕がたどりついたのは、銀河ステーションでも、花巻の一地点でもない自分の部屋だ。ここは最高地点ではないけれども、すこしは見晴らしはある。

＊

さいごに、賢治は、なぜ「銀河鉄道の夜」を書き、なぜ銀河鉄道を地上に走らせたのか試論を書いておこう。

まずひとつ。賢治は測量し、地図をつくろうとしたのだ。

賢治は、天の川に自分の旗を立て、工兵大隊を送り込む（地図は歴史的にみて軍隊の管理する情報であり、そのなかでも工兵は地図作成と関係が深い）。銀河を地上に重ねあわせて、天の川の地理を地上にうつしとる。こうやって天の川、地上の二つの領域の地図を、一気に書き上げようとしたのだ。

地図の作成は象徴的な領有であり、魔術的な掌握である。賢治が、岩手県をイーハトーブと名づけなおしたことを合わせれば無理な考えではない。「銀河鉄道の夜」において、賢治はイーハトーブをまるまる呑みこみ、さらには銀河世界までも自分の領土に組みこもうとしたのだ。

細川周平が言ったように「どこにもない場所といいながら、ユートピストは緻密な測定と領土の確保を忘れたことはなかった」のである。

その地図は天空と大地の両方をえがいたもの、コスモグラフィとジオグラフィをあわせた天地形状誌《デュアルグラフィ》とでもいうべきものだった。これは、三次稿の大きな本「地理と歴史の辞典」の最後のページに加えられるはずの地図でもあるのだ。

この辞典には、時代とともにかわった世界概念の見取り図が書かれているだけではない。花巻の地図、ジョバンニの町、イーハトーブ全図、鉄道路線、幻想の西域、紀元前二千年の地図と歴史、銀河系の外の地史、黒曜石の地図まで、すべてを含む大地図帳《アトラス》なのだ。

この神秘的な領土への願望が、ふしぎな地理感覚が、ある種の読者を魅了し刺激し、物語の空間を考えさせ、架空の地図を再構成させる動機となっているのではないか。

＊

もうひとつ。賢治は星々と直接触れあう舞台をつくり出そうとしたのだ。

宇宙と人間、マクロコスモスとミクロコスモスが、たがいに照応し、感応しあっているという、古代からの宇宙観、世界観がある。この観点は、地球——地上でもいいし、人間社会でもいい——を大宇宙と人間をつなぐ中宇宙《メゾコスモス》として設定する。

観念史家のマージョリー・H・ニコルソンが『円環の破壊』でつかった言葉でいえば、宇宙（マクロコズム）、地球（ジオコズム）、人間（マイクロコズム）という三つの宇宙である。ニコルソンは、重なりあう円のかたちでえがかれる宇宙の秩序が、十七世紀の新科学によって壊されていくありさまを、イギリス詩のなかから丁寧にひろい集めている。科学者によって更新されていく宇宙像は、詩的想像力にもひろく影響をおよぼしたのである。

さて、この人間《ミクロコスモス》と宇宙《マクロコスモス》の照応は、通常、類推で考えられ、類比で表現される。星の異変が、地上の乱れの反映や、個人の運命の予告と考えられたように。二つの宇宙の照応は、「宇宙と人間との間に、解剖学的にも精神的にも一体性のある確信」（ジョージ・ボアズ）であり、「それぞれの物が、より大きな尺度において、自分をうつす鏡と自分を保証してくれる大宇宙を見出すことを約束する」（ミシェル・フーコー）。

だが現実にえがかれた大宇宙《マクロコスモス》と小宇宙《ミクロコスモス》は、自由に大きさをかえ、たがいが出会う中間の領域をみつけだす。

多くのユートピアが円形都市として計画されているのは、球形である宇宙を小さなスケールでうつしとっているからだ。エリザベス朝の有名な劇場が、地球座《ザ・グローブ》とよばれ、その建物が宇宙の理念モデルを再現していることも知られている。地球座は縮尺された大宇宙であり、その意味するところは、地球がマクロコスモスの模型であるということである。

しかし、いくら大宇宙と人間が照応しあっているといっても、人が星の世界を経験することはない。人は星を読むだけなのだ。人が体験するのは中宇宙である地上でおこることだけだ。賢治には、さぞまどろっこしく思われただろう。しかし星々の世界は、人間が行くにはあまりにも広大であるし、光かがやく星は人間の近づけるところでもない。銀河に列車を走らせても、窓からみえる光景は夜空の景色とさしてかわりはない。宮沢賢治は、そんなこと百も承知なのである。

科学者賢治は、星々のあいだが「がらん」とした人間の感覚でとらえられないものであることを知っている。しかし詩人賢治は、手も触れられない抽象の空間をつくりたいわけではない。賢治は、真空の宇宙空間ではなく、人がいて町や野原のある大地を、人間が銀河と出会う場所にしたのだ。地上こそが、星と人間が対峙し切り結ぶ場所なのだ。

賢治は、科学と詩から奇蹟の野原をつくりだす。

星々の降りおりた地上で、天の川の流れる花巻で、賢治は水素よりももっと透明な水をすくい、天体と反応しあう。この中宇宙では、大宇宙の法則と人間の感覚が一致する。人間と銀河、命と食べ物、幸福と孤独、光と音楽、詩と物理、真空と水、地層と風、生活と商売、理念と経験、すべてがひとつの解決をもつ世界だ。

「信仰も化学と同じやうになる」（三次稿）瞬間の宇宙である。そこでは生と死の物語が織りなされなければならなかったのである。

著者略歴
椿 淳一（つばき・じゅんいち）
1969年　東京生まれ
法政大学卒業

ジョバンニの銀河 カムパネルラの地図——「銀河鉄道の夜」の宇宙誌

2015年8月10日　　初版第1刷発行

著　者　　椿　淳一
発行者　　高井　隆
発行所　　株式会社同時代社
〒101-0065　東京都千代田区西神田2-7-6
電話 03(3261)3149　FAX 03(3261)3237
イラスト　なおたけ email:naotakeworks@gmail.com
組版／装幀　閏月社
印刷　　モリモト印刷株式会社

ISBN978-4-88683-784-4